KB095937

택시 소년, 지지 않는 잎

택시 소년, 지지 않는 잎

데보라 엘리스 글 윤정숙 옮김

Sacred Leaf

First published in Canada and the United States by Groundwood Books Limited.
www.groundwoodbooks.com

Korean translation rights arranged with Groundwood Books Ltd.
through The ChoiceMaker Korea Co.

스스로를 해방시킨 사람들에게

이야기에 앞서서

2000년 볼리비아.

열두 살인 디에고 후아레스는 볼리비아 코차밤바의 여자 감옥에서 엄마, 여동생 코리나와 함께 4년간 살았다. 부모님이 코카인의 원료가 되는 코카 반죽을 만들었다고 누명을 썼기 때문이다. 아빠는 광장 건너의 남자 감옥에 있었다. 아이들은 감옥 출입이 비교적 자유로웠다. 그래서 디에고는 감옥을 드나들면서 다른 재소자들의 심부름을 해 주고 돈을 벌었다. 사람들은 이러한 아이들을 '택시'라고 불렀다.

어느 날 저녁, 디에고는 상상에 빠져 코리나를 제대로 돌보지 않았다. 그 탓에 감옥의 질서를 어지럽히는 일이 일어났다. 코리나는 제멋대로 돌아다니고, 디에고는 코리나를 찾다가 실수로 다른 재소자의 추페(곡물, 채소, 고기가 들어 있는 진한 수프)를 망쳤다. 결국 엄마는 엄청난 빚과 벌금을 떠안았다.

디에고는 돈을 벌어 명예를 회복하겠다는 결심으로 절친한 친구 만도와 함께 떠났다. 하지만 디에고가 이른 곳은 코카 반죽을 만드는 정글이였다. 건달 록과 미국인 스미스는 디에고와 만도를 노예처럼 부렸다. 두 소년은 정당한 대가를 받으려 노력했지만 착취와 괴롭힘은 심해져 갔다. 결국 만도는 스스로 목숨을 끊고, 디에고는 정글로 도망쳤다.

마침내 디에고는 자신을 죽이려고 쫓아오던 스미스를 가까스로 따돌리고 홀로 남았다. 두려움과 굶주림 속에서 디에고는 우연히 리카르도 가족의 작은 농장을 발견하는데…….

"사람들은 총알에 대한 두려움을 잃어버렸다.

그들은 억압에 대한 두려움을 잃어버렸다.

과거 테러 시대의 유령들이 우리 시위대에게는 패배했다."

오스카르 올리베라, 2000년 볼리비아 코차밤바의 물 전쟁 지도자
오스카르 올리베라와 톰 루이스의 〈코차밤바! 볼리비아의 물전쟁〉
(사우스엔드 출판사, 2004년)에서 인용.

차례

리카르도 가족의 집

기니피그들이 도망쳤다.

작은 오두막 안의 불빛이 희미해서 처음에는 디에고도 몰랐다. 땔감을 안고 들어온 디에고의 눈이 어둠에 적응하자, 뭔가 움직이는 것이 얼핏 보였다. 모든 것이 제자리에 있지 않다는 첫 번째 신호였다.

디에고는 땔감을 건조대에 내려놓고 주위를 둘러보았다. 소박한 걸상, 방의 구석마다 놓인 짚 침대, 작은 테이블과 선반들뿐 아무것도 없었다.

디에고는 리카르도 가족과 일주일을 함께 지냈지만 벌써 오두막이 자기 집처럼 느껴졌다. 어느 정도는 보니타를 제외한 모두가 잘해 준 덕분이었다. 하지만 그보다는 이 집이 예전에 살던 집 같았다. 오래전이었지만 디에고는 아직 기억하고 있었다.

"헛것이 보여."

디에고가 산토에게 말했다.

어린 산토는 낄낄거리며 작은 나무 막대를 땔감 더미에 올렸다. 두 살배기는 무엇에든 낄낄거리는 법이었다.

그 순간, 디에고는 또 다시 어두운 한쪽 구석에서 또 다른 구석으로 쏜살같이 달리는 뭔가를 보았다. 모습을 드러낸 것은 기니피그들이었다.

"에계, 디에고잖아."

기니피그들이 킁킁거리고 찍찍거리며 서로 대화하는 듯했다.

"쟤는 우리를 잘 몰라. 게다가 느려 터져서 우리를 절대 못 잡아."

그런 메시지가 한 녀석에게서 또 다른 녀석에게 전해졌다. 기니피그들은 재빠르게 돌아다니고 달리다가 디에고 옆을 빠져나갔다. 디에고는 기니피그들을 잡지 않으면 보니타에게 혼날 것을 알았다. 기니피그들은 리카르도 가족의 중요한 식량이었다. 기니피그들을 돌보는 일은 디에고의 일이 아니었지만 보니타는 뭐가 됐든 디에고를 탓할 것이다.

"어서 문 닫아. 집 안에서는 저 녀석들을 잡을 수 있어. 하지만 녀석들이 집 밖으로 나가면 볼리비아 구석구석으로 흩어져 숨을 거야."

디에고가 산토에게 말했다.

산토가 오두막의 문을 닫았다. 하지만 산토는 키가 작아서 디에고가 빗장을 걸어야 했다.

디에고가 처음 리카르도 가족에게 왔을 때는 몸이 너무 약해서 농장 일을 많이 도울 수가 없었다. 그래서 디에고는 어린 산토를 돌보았고 둘은 금세 좋은 친구가 되었다. 여동생 코리나를 돌보았던 것이 도움이 되었다.

"먼저 우리가 망가졌는지 봐야겠어. 그렇지 않으면 녀석들을 우리에 넣어도 바로 도망칠 거야."

디에고가 말했다.

몸을 숙이고 난로 아래의 기니피그 우리를 살펴보자, 한쪽 진흙벽이 무너져 있었다.

"여기가 꽤나 지저분하네. 산토, 빗자루 가져와."

디에고가 말했다.

산토가 옥수숫대로 만든 빗자루를 난로 쪽으로 가져왔다. 자신보다 훨씬 큰 빗자루를 가져온 것이 자랑스러운 듯했다. 디에고는 빗자루로 어질러져 있던 것을 조금 치웠지만, 전부 치우지는 못했다.

"우리를 개량해야겠어."

하지만 그 전에 기니피그들부터 낡은 우리에 잡아넣어야 했다.

기니피그는 모두 열두 마리였다. 디에고는 땔감 더미에서 나무 막대들을 뽑았다. 그리고 줄로 쓰려고 못에 걸어 말리던 덩굴로 막대들을 묶어 우리의 구멍을 막았다.

기니피그들은 붙잡거나 만지는 것에 익숙지 않아서 디에고가 자신들을 편안한 곳에 다시 넣어 주려 한다는 것을 깨닫지 못했다. 하지만 다행히 기어오르거나 뛰어오르지 않았기 때문에 구석으로 몰자 아주 쉽게 잡혔다.

산토는 그저 재규어 흉내를 내면서 폴짝폴짝 뛰고 으르렁거릴 뿐 별로 도움이 되지 않았다. 디에고는 혼자서 기니피그 열 마리를 잡았다. 그러고는 쉿, 하고 입술에 손가락을 댔다. 두 소년은 종종거리거나 찍찍거리는 소리가 나는지 조용히 귀를 기울였다. 침대의 한쪽 구석에서 찍찍 소리가 들렸다. 열한 번째 기니피그였다.

"열하나!"

디에고가 기니피그를 우리에 의기양양하게 던져 넣고 다시 귀를 기울였다. 하지만 산토가 신나게 으르렁거렸고 기니피그 우리에서도 수없이 찍찍거리는 소리가 들려왔다.

"열두 번째 녀석은 기다려야겠다."

디에고가 말하며 손을 내밀자, 산토가 힘차게 손을 잡았다. 두 소년은 오두막에서 나와 문을 잠갔다.

다른 리카르도 가족은 여기저기 흩어져 있었다. 리카르도 부인은 숲에서 스튜에 넣을 약초와 뿌리 식물을 찾고 있었다. 디에고처럼 열두 살인 보니타는 얼마 전부터 학교에 다니기 시작한 여섯 살배기 마르티노와 걸어서 45분 거리인 마을 학교에 있었다. 리카르도 씨는 이웃의 초가지붕을 손보고 있었다.

디에고는 오두막 밖에 섰다. 비탈의 오두막 아래로 나무와 계곡, 언덕들이 굽어보였다. 모든 것은 푸르게 자라고 있었다. 디에고는 잠시 리카르도 씨네 농장을 자기 집 농장이라 상상했다. 정돈된 토마토 밭이며 콩 밭과 양파 밭, 튼튼하게 자라는 옥수수 고랑들, 그 너머로 보이는 코카나무의 진초록빛. 대문으로 이어지는 작은 길을 따라서는 커다란 돌들이 놓여 있었다. 리카르도 부인도 디에고의 엄마처럼 깔끔했고, 대문 옆에 꽃을 키웠다. 디에고 엄마는 빨간 꽃을 길렀다. 여기 꽃들은 오렌지색이었다. 그것 말고도 깨끗이 청소된 대문 옆의 계단까지 모든 것이 똑같았다.

"엄마는 숲에서 약초와 뿌리를 캐고 있어. 아빠는 시장에 코카를 팔러 갔고. 그리고 코리나는……."

디에고는 습관적으로 "원숭이들이 훔쳐 갔어."라는 말을 할 뻔했다. 코리나가 항상 귀찮게 했기 때문이다. 하지만 말을 멈췄다. 엄마와 네 살배기 코리나와 함께 살았던 코차밤바의 작은 감방 같은 곳에서는 누구라도 짜증이 났을 것이다. 이곳처럼 자유로운 밖이었다면 코리나도 사람들을 도왔을 테고 여기저기 뛰어다니느라 성가신 존재가 되지 않았을 것이다.

산토는 혼잣말을 하는 디에고를 보며 낄낄거렸다.

"산토, 기니피그에게 새 집을 지어 주자."

디에고는 머릿속에서 계획을 세우고, 메모를 하고, 계산을 했다. 그리고 새로운 우리도 상상해 보았다.

"청소하기 쉽게 우리를 넣었다 뺐다 해야지."

디에고가 말했다.

리카르도 씨네는 여러 크기의 잡다한 널빤지들이 있었고, 공구를 보관하는 곳도 있었다. 공구는 낡았어도 손질이 잘되어 있었다. 디에고는 자신이 능숙하게 공구를 다루는 것에 놀랐다. 나무로 직접 뭔가를 만든 적은 없었어도 남자 감옥에서 아빠를 지켜본 덕분이었다. 코차밤바의 남자 감옥 재소자들은 개집이나 가구를 만들어 밥값을 벌었다. 디에고는 옆에서 나뭇조각을 치우는 일밖에 하지 못했지만 어른들을 지켜보며 많은 것을 배웠다.

널빤지의 귀퉁이를 맞추는 것은 어려운 일이었다. 낡은 널빤지는 끝이 고르지 않아 직각으로 붙일 수가 없었다.

"이렇게 하면 되겠어."

마침내 디에고는 커다란 널빤지에 작은 널빤지를 붙여서 널빤지의 표면을 넓히는 방법을 찾아냈다. 새로운 우리가 완성되어 갔다. 누군가에게 도움이 된다는 것은 기분 좋은 일이었다. 그래서 디에고는 일하는 것이 좋았다. 특히 친절한 사람들을 위해 일하는 것이.

“저 애는 당연히 우리 집에 머물러야지.”

디에고가 지저분하고, 겁에 질리고, 굶주린 모습으로 정글에서 나타난 첫날 저녁에 리카르도 부인이 말했다.

“저 애가 누군데요? 우리는 저 애에 대해 아무것도 몰라요.”

보니타가 말했다.

리카르도 가족은 디에고가 코카 구덩이에서 일했고, 부모는 코차밤바의 감옥에 있다는 것을 알았다. 하지만 더는 묻지 않았다.

“어려움에 빠진 아이야.”

보니타의 엄마가 말했다.

“아니, 어려움을 몰고 오는 아이죠.”

보니타가 리카르도 부인이 만든 수프를 허겁지겁 먹고 있는 디에고를 노려보았다. 디에고가 어찌나 빨리 입속으로 수프를 퍼 넣는지 어느 순간에는 입이 거의 보이지 않았고, 수프도 턱 아래로 질질 흘러내렸다. 오랜만에 먹는 음식이었다.

“저 애에게 어디서 도망쳐 왔는지 물어보세요. 아니면 그냥 내보내요. 우리가 일해서 얻은 것을 모두 먹어 치울 거예요.”

“저도 일할 수 있어요.”

디에고가 말했다.

리카르도 부부가 보니타에게 조용히 하라고 하자, 보니타는 입을 꾹 다물고 디에고를 노려보았다. 보니타의 얼굴에는 의심과 멸시가 가득했다.

“일할 수 있어요.”

디에고가 다시 말했다. 디에고는 굶주림, 공포, 갈증 탓에, 그리고 정글에서 길을 잃고 오랫동안 코카 구덩이에서 일한 탓에 약해져 있었다. 그래서 보니타의 말대로 자신이 밥값도 하지 못할까 걱정이 됐다. 처음 며칠 동안은 피로와 슬픔에서 헤어나지 못할 것만 같았다.

리카르도 부인은 그런 마음을 이해하는 듯 디에고의 마음이 한없이 가라앉을 때마다 작은 일거리를 주었다.

“디에고, 감자 껍질을 벗겨 줄래?”

“디에고, 달걀을 모아 오렴.”

“디에고, 햇빛에 담요 좀 널어 줘.”

일은 도움이 되었다. 음식도, 뜨거운 코카 차도, 이어지는 평범한 가족의 삶도 도움이 되었다. 보니타가 자신을 좋아하지 않는 것조차 디에고에게는 도움이 되었다. 그 덕분에 모든 것이 더욱 평범하게 느껴졌다.

디에고는 매일 강해졌다. 손가락은 어떻게 땅을 파는지, 어떻게 잡초를 뽑는지, 어떻게 콩을 터는지 기억했다. 어떻게 동물들을 다루는지, 어떻게 먹이를 주고, 물을 먹이고, 우리를 청소하는지도 기억했다. 당나귀는 디에고를 좋아하고 라마는 디에고를 싫어했다. 하지만 라마는 모든 사람을 싫어했기 때문에 디에고는 농장 일이 잘 맞는다고 생각했다.

"디에고! 도와줘."

리카르도 부인이 벌판 끝에서 외쳤다.

디에고는 덤불 뒤에 우리를 숨겼다. 나중에 우리를 완성할 생각이었다. 디에고는 산토를 등에 업고 리카르도 부인의 목소리가 들리는 곳으로 달렸다. 리카르도 부인은 여전히 작은 초록 잎과 노란 꽃을 매단 거대한 아누(볼리비아에서 자라는 뿌리 식물) 옆에 서 있었다.

"아누 샐러드를 만들어야지, 스튜도 만들고. 함께 날라 주겠니? 그러고 나서 할 일이 있어."

리카르도 부인이 말했다.

그 후 두 시간 동안 디에고는 리카르도 부인과 함께 아누 뿌리와 잎을 씻고 썰었다. 리카르도 부인은 디에고의 엄마처럼 볼러햇(꼭대기가 둥글고 높은 서양 모자)을 쓰고 폴레라(허리에 주름을 잡고 넓게 만든 전통 치마)를 입고 있었다. 비록 폴레라의 무늬는 달랐지만, 디에고는 리카르도 부인을 자신의 엄마라고 상상했다. 햇살은 따스하고 하루는 아름다웠다.

그러나 보니타가 일찍 집에 돌아오면서 아름다움이 조금씩 바랬다. 보니타는 길고 검은 머리카락을 여러 가닥으로 굵게 땋아 내렸고, 아빠의 낡은 셔츠와 바지를 걷어 올려 입고 있었다. 손에는 마르티노의 손목이 붙들려 있었다. 마르티노는 전혀 행복하지 않은 표정이었다.

"축구를 하고 싶었어요."

마르티노가 엄마를 보자마자 불평을 시작했다.

"넌 너무 어려서 마을에 혼자 남으면 안 돼. 내가 말했잖아."

보니타가 말했다.

"일찍 왔네."

리카르도 부인이 아누를 썰던 칼을 보니타에게 건넸다. 부루퉁한 마르티노는 잽싸게 닭들 사이로 가 버렸다. 디에고는 마르티노와 함께 우리를 만들며 기분을 풀어 줘야겠다고 생각했다.

"그라바스 선생님이 파업했어요. 선생님은 파업에 참여하지 않으려고 했지만 아무도 숙제를 하지 않은 데다 모두가 제멋대로 굴었어요. 그래서 선생님은 결국 '이렇게 적은 월급을 받으면서 이런 일은 못 하겠어!' 하고 교실을 나가 버렸어요."

보니타가 말했다.

"선생님은 제대로 월급을 받을 권리가 있지."

리카르도 부인이 대답했다.

보니타는 그 말에 동의하지도 반대하지도 않았다.

"나는 선생님이 나가고 나서도 질서를 유지하려고 했지만 다른 아이들은 무슨 국경일이라도 선포된 것처럼 달려 나가 버렸어요. 마르티노도."

"파업은 금세 해결될 거야."

"난 진짜 학교에 가고 싶어요. 그라바스 선생님은 어리거나 멍청한 아이들에게는 괜찮아요. 하지만 나는 너무 똑똑해서 선생님이 가르치기 힘들어요. 선생님은 아는 것도 별로 없고요."

보니타가 말했다.

디에고는 보니타의 말을 듣고 웃음이 나왔다. 보니타가 얼굴을 찡그리고 선생님을 노려보자, 겁먹은 선생님이 아무 말도 못하고 씩씩거리는 보니타의 땋은 머리만이 빳빳하게 곤두서는 모습이 떠올랐다. 디에고는 재채기로 웃음을 숨기려고 했다.

"할 말 있어?"

보니타가 그날 처음으로 디에고에게 아는 체한 말이었다. 보니타는 디에고에게 가족이 아니라 그저 손님, 그것도 환영받지 못하는 손님이라는 사실을 일깨워 주는 재주가 있었다. 디에고는 입을 다물고 몸을 숙여 아누만 썰었다.

"코카가 풍년이고 우리가 계속 건강하다면, 너를 좋은 학교에 보내 줄 수 있겠지."

리카르도 부인이 말했다.

"코차밤바에는 좋은 학교가 많아요."

디에고가 말했다.

"장학금을 받을 수도 있어. 보니타, 네가 똑똑하면 다른 사람이 학비를 대 준다는 뜻이야. 난 장학금을 받아."

디에고는 보니타가 모르는 것을 알아서 기뻤다.

"그런데도 네가 여기 온 걸 보면 장학금도 별 소용없던 거네."

보니타가 중얼거렸다.

"장학금! 그게 좋지 않을까, 보니타? 내 귀여운 딸 보니타, 우수한 학교의 우수한 장학생!"

리카르도 부인이 험악해진 분위기를 농담으로 달랬다. 보니타조차 리카르도 부인 곁에서는 오랫동안 우울할 수가 없었다.

하지만 디에고는 학교를 생각하자 우울해졌다. 재소자의 아이들을 위한 지원 센터가 디에고를 학교에 입학시키기 위해 노력했었다. 디에고는 혹시라도 집에 돌아가게 되면 학교가 자신을 다시 받아 줄지 궁금했다.

디에고는 우울한 생각을 떨치기 위해 아누 자르는 일을 보니타와 리카르도 부인에게 맡기고 마르티노를 불렀다. 기니피그 우리를 만들기 위해서였다.

"뭐야? 우리 물건을 함부로 쓰지 마."

보니타가 다가왔다.

"그냥 오래된 나무토막들이야. 이건 새로운 기니피그 우리고. 내가 생각했어."

디에고가 말했다.

"난로 아래에 들어가지 않겠는데, 치수는 재 봤어?"

보니타가 우리를 보며 말했다.

"물론이지."

디에고는 치수를 재 보지 않았는데도 그렇게 대답하고는 몇 초간 초조해했다. 그러자 보니타가 마지못해 난로 밑에 들어가 보겠다고 했다.

"이 널빤지는 별로인데?"

보니타가 말했다.

"이것보다 좋은 것을 찾지 못했어."

"음, 금방 망가지겠어."

보니타는 진흙과 밀짚을 섞어서 널빤지 틈을 메웠다. 그렇게 자신의 흔적을 남긴 것이다. 보니타가 이 분마다 이것저것 시키는데도 마르티노와 산토는 즐겁게 우리를 만들었다.

리카르도 씨가 집에 돌아올 무렵, 디에고는 마르티노와 산토와 함께 몸에서 진흙을 씻어 내고 새로운 기니피그 우리를 난롯불에 말렸다.

"이렇게 우리를 끌어내서 청소하면 돼요."

보니타가 혼자서만 우리를 만든 것처럼 아빠에게 설명했다.

"우리 기니피그들이 볼리비아의 기니피그 중에서 가장 좋은 집을 갖겠구나."

리카르도 씨가 말했다. 하지만 눈은 웃지 않고 있었다.

"무슨 일이에요?"

리카르도 부인이 물었다.

"군대가 또다시 코카를 파괴했어. 계곡 반대쪽 농장에서. 이웃에서 이웃으로 소문이 퍼지고 있어."

리카르도 씨가 코카 잎 주머니에서 자신이 씹을 코카 잎을 한 장씩 빼놓으며 말했다.

"우리 코카는요? 군대가 오기 전에 얼른 수확해서 팔아요."

보니타가 말했다.

디에고는 보니타의 걱정이 학교 때문이라는 걸 알았다.

"열심히 일해야 해. 우리 힘만으로 수확해야 하거든. 이웃들도 우리처럼 코카를 수확해야 하니까, 도와줄 일손이 없어."

리카르도 씨가 말했다.

"제가 도울게요."

디에고가 대답했다.

"보니타는 며칠 동안 학교에 안 가도 되겠니?"

리카르도 씨가 보니타에게 물었다.

"선생님들이 파업 중이래요. 타이밍이 완벽하죠. 우리 모두 일할 거예요."

리카르도 부인이 말했지만, 리카르도 씨의 얼굴에는 아직 근심이 남아 있었다.

"아침부터 시작하자."

그리고 모두는 저녁을 먹었다. 아누 뿌리를 자주색 감자와 함께 끓인 뒤, 집 주위의 야생 민트 메리골드로 맛을 낸 요리였다.

리카르도 가족의 집에는 전기가 들어오지 않았고 램프의 등유는 떨어졌다. 해가 지자 보니타는 꺼져 가는 요리용 불로 책을 읽으려다가 금세 포기해 버렸다.

모두들 일찍 잠자리에 들었다. 내일은 기나긴 하루가 될 것이다.

갇히지 않은 곳

디에고는 달리기를 하는 것처럼 숨을 헐떡이며 벌떡 일어났다. 자신이 비명을 지른 줄만 알았다. 하지만 리카르도 가족이 짚 침대에서 조용히 자고 있는 걸 보니 다행히 비명은 지르지 않은 듯했다. 비명은 자기 머릿속에서만 울린 모양이었다.

디에고는 마르티노와 산토와 함께 덮고 있던 담요 밖으로 조심스럽게 빠져나왔다. 그리고 문으로 가서 빗장을 열었다. 기니피그들이 새로운 우리에서 이리저리 움직이는 소리가 들렸다. 모든 일이 이렇게 쉽게 바로잡힌다면 얼마나 좋을까.

디에고는 벌레와 밤새들의 울음소리로 가득한 볼리비아의 어둠 속으로 발을 디뎠다. 어둠은 두렵지 않았다. 나쁜 일은 태양이 빛날 때도 똑같이 일어났다. 부모님이 체포될 때도, 만도가 죽었을 때도 해는 빛나고 있었다. 서늘한 공기가 디에고를 달래 주었다.

디에고는 외양간으로 걸어갔다. 라마는 디에고를 외면했지만 당나귀는 재빨리 다가와 인사했다. 두 손으로 당나귀의 갈기를 빗겨 주고 귀에 부드럽게 바람을 불어 주었다.

이제 디에고는 괜찮았다. 살아 있었고, 리카르도 가족 덕분에 다시 강해지고 있었다. 곧 돈을 벌어 집에 돌아갈 방법도 찾을 것이다. 주머니에 돈을 가득 넣은 채로. 디에고는 다시 잠자리에 들기 위해 당나귀의 귀를 마지막으로 문질러 주고 돌아섰다. 그러자 보니타가 서 있었다.

"이제 말해. 우리 가족에게 무슨 골칫거리를 가져온 거지?"

아래를 내려다보니 보니타는 녹슬고 오래된 라이플을 겨누고 있었다. 보니타가 덤불 속에서 발견한 것이었다. 어느 전쟁의 군인이 떨어뜨린 그 총은 발사된다 해도 총알이 없었다.

"너 무슨 짓을 했어? 무엇에서 도망친 거지?"

보니타가 다시 물었다.

"미국인 남자를 죽였어. 그 남자 때문에 내 친구는 스스로 목숨을 끊었어. 난 그 남자, 스미스를 정글에 두고 왔는데 아마 죽었을 거야."

디에고는 아무 생각 없이 몇 마디 말로 끔찍한 이야기를 들려주었다. 학교에서 발표를 하는 것처럼 차분했다. 얼마나 무서웠는지는 말하지 않았다. 만도를 생각할 때마다 얼마나 슬픈지도 말하지 않았다. 보니타는 영리하니까 말하지 않아도 알 것이었다.

보니타는 디에고를 계속 바라보았다.

"지금 너를 쫓고 있는 사람은 없어?"

"내가 살아남은 걸 아무도 못 봤어. 스미스의 부하들은 아마 우리 둘 다 죽었다고 생각할 거야."

"그럼 저들끼리 돈을 더 많이 나눠 갖겠네."

디에고의 생각이 맞았다. 보니타는 영리했다. 보니타는 총을 내렸다가 다시 올렸다.

"경찰은 어때? 군대는? 그들이 너를 쫓지 않을까?"

"그들은 스미스를 쫓고 있었어. 하지만 스미스가 죽었단 걸 알아도 상관하지 않을 거야."

디에고가 말했다.

"그러면 너를 신고해도 보상금은 없겠네."

보니타가 다시 총을 내리고 말했다.

"나는 그냥 우리 가족만 생각하는 거야. 난 너를 모르잖아."

"나에 대해 알 수도 있어."

디에고가 넌지시 말했다.

"넌 여기 그렇게 오래 있지 않을 거잖아. 다시 자야겠다. 아침부터 일을 해야 하니까."

보니타가 돌아서며 말했다.

잠시 후, 보니타의 비명 소리가 들렸다. 디에고는 웃었다. 열두 번째 기니피그가 나타난 것이다.

다음 며칠 동안 디에고는 모든 순간이 좋았다. 리카르도 가족은 거의 1헥타르(가로와 세로가 1만 미터인 넓이)의 코카밭이 있었다. 밭의 코카 잎은 모두 따서 햇빛에 널어 말리고, 자루에 담아 시장에 가져가야 했다. 디에고는 길고 깊은 바구니를 목에 걸었다. 리카르도 부인이 풀과 덩굴로 엮은 바구니였다. 디에고는 작고 푸른 잎을 두 손으로 따는 법을 배웠다. 잎을 줄기에서 뜯어 바구니에 떨어뜨리는 것이었다.

"어린잎은 따지 마. 자랄 기회를 줘야지. 충분히 자란 것만 따."

리카르도 부인이 말했다.

디에고는 열심히 일했고 빨리 일했다. 마치 보니타와 누가 먼저 바구니를 채우는지 시합이라도 하는 것 같았다.

"계속 따고 싶어!"

엄마가 저녁 준비를 도와 달라고 하자 보니타가 외쳤다. 디에고와 보니타는 리카르도 부인이 내다 준 식은 감자와 옥수숫가루를 입에 쑤셔 넣고 차가운 코카 차로 넘겼다. 두 사람은 서서 음식을 먹는 잠깐 사이에도 상대가 먼저 일을 시작하지 않는지 나뭇가지 틈새로 지켜보았다.

리카르도 부인은 두 사람의 모습을 이리저리 곁눈질로 지켜보고 고개를 흔들면서 두 사람의 빈 찻잔을 집으로 가져갔다.

마르티노는 리카르도 씨와 함께 코카 잎을 땄다. 선생님의 파업으로 학교가 쉬는데도 온 종일 일을 해야 한다는 것이 아쉬울 뿐이었다. 지금 무슨 일이 벌어지고 있는지 이해하기에 마르티노는 너무 어렸다. 어린 산토조차 코카 잎들을 햇빛에 널어야 하는 상황이었는데도.

"우리 코카는 시장으로 보내져서 코카를 기르지 못한 캄페시노(농부, 소작농, 노동자)에게 팔릴 거야. 우리는 코카를 하얀 가루로 바꿀 사람들에게는 팔지 않아. 북쪽에서는 그것으로 뇌를 흥분시킨다던데, 그러기에는 우리 코카가 너무 훌륭해."

리카르도 씨가 말했다.

모두가 난로 옆에 앉아서 전날에 끓인 채소 스튜를 먹을 때였다.

"그중 일부는 우리 부모님이 있는 감옥까지 가겠죠. 다른 재소자들에게 코카를 파는 여자들이 있어요. 아마 엄마, 아빠가 이 코카를 씹을 거예요."

디에고는 자기가 한 말에 슬퍼졌다. 비록 감옥일지라도 집이 그리웠다. 마른 풀을 불에 넣고 세차게 솟아오르는 불길만 바라보았다.

"가족에게 돌아가야 해, 디에고. 넌 열심히 일했고, 우리는 네가 떠나는 것이 슬프지만 우리 가족이 아니니까. 코카 두 자루를 팔아서 돈을 줄게. 그걸로 부모님에게 돌아가렴."

리카르도 씨의 말에 디에고는 입을 벌렸다. 갑자기 집으로 돌아갈 방법이 생긴 것이다. 고맙다는 말을 하고 싶었지만 눈에 눈물이 고여 아무 말도 하지 못했다.

디에고가 자신의 학비를 가져갈 상황에 처하자, 보니타는 우스꽝스러운 소리를 냈다. 그러나 아무 말도 하지 않았다. 자신의 부모님이 결정했고 그것으로 끝이었다.

디에고는 코차밤바까지 버스비가 얼마인지 궁금했다. 아마 차를 얻어 타고 돈을 아끼면 엄마에게 추렛값을 줄 수도 있을 것이다. 하지만 도로 옆에 홀로 서서 차들을 향해 손을 흔드는 자신을 상상하자 외로워졌다. 떠나야 한다는 생각을 떨치기 위해 산토를 끌어안았다.

다음 사흘은 똑같았다. 다만 디에고와 보니타는 첫날 같은 속도를 내지는 못했다. 특히 하루는 유난히 더웠다.

"어린 아이들은 수영을 해야 돼. 아니면 지루해서 짜증을 부릴 거야."

리카르도 부인이 다들 쉬어야 한다고 말했다.

언덕 위에는 본래 작은 개울이었던 깊은 연못이 있었다.

"아빠와 내가 작년 여름에 팠어. 너도 들어가게 해 줄게. 너는 참 운도 좋다."

보니타가 말했다.

디에고, 보니타, 마르티노, 산토는 속옷만 남기고 옷을 벗었다. 보니타가 나뭇가지를 한 움큼 움켜쥐고 수면을 치면서 연못으로 들어갔다.

"뱀을 겁주어서 쫓아내는 거야."

디에고는 그런 위험한 일은 자신이 해야 한다고 느꼈지만 보니타는 말을 듣지 않았을 것이다.

"넌 제대로 못했을걸."

보니타가 말했다. 디에고가 보기에는 그냥 물속에서 소리를 많이 내면 되는 것 같았는데도.

'내가 모르는 것을 알아서 좋은가 봐.'

디에고는 그렇게 생각하며 보니타를 내버려 두었다.

산에서 내려오는 물은 차갑고 깨끗했다. 디에고는 산토를 목마 태워 안으로 점점 깊이 들어갔다. 산토는 꺅꺅 소리를 질렀다. 마르티노가 막대를 찾아오자, 다 함께 누가 막대를 던져서 물을 많이 튀게 하는지 시합도 했다.

"코리나도 좋아했을 텐데. 코리나는 감옥에서 태어났어. 가끔씩 정원과 분수가 있는 광장에 데려가곤 했지만 여기 같지는 않아."

디에고는 산토가 다리를 차면서 수영할 수 있도록 배를 잡아 주며 말했다.

"갇혀 있는 것이 상상되지 않아. 명령하는 사람이 교도관이라는 이유만으로 시키는 일을 해야 하고 복종해야 된다는 것도. 물론 여기서도 내 마음대로 할 수 없는 것들이 있어. 하지만 거기에는 이유가 있지. 우리 집에 돈이 없다거나 내가 어리다거나."

보니타가 말했다.

"난 재소자는 아냐. 우리 부모님은 재소자지만 나는 아냐."

디에고가 설명했다.

"너는 감옥에서 살았어. 교도관들에게 복종해야 했고. 그게 재소자가 아니고 뭐야? 이렇게 자유롭게 살다가 다시 감옥에 돌아갈 수 있겠어?"

디에고가 생각하지 않으려던 질문이었다. 감옥 밖으로 나와 여러 주일 동안 정글의 나무들 아래에서 자고, 하늘을 바라보고, 범죄자들과 어울리고, 두려움과 굶주림에 시달렸다. 하지만 좋은 일도 하면서 제힘으로 지냈다. 그런데 다시 우중충하고 좁은 감방으로 돌아가 엄마와 코리나와 함께 작은 침대에서 잠들 수 있을까? 냄새나는 화장실을 쓰고? 줄을 서서 아침 점호를 하고? 1볼리비아노(볼리비아의 화폐)가 아닌 2볼리비아노를 주는 택시 일거리를 따기 위해 다른 소년들과 다투고?

"그래도 내 가족들이 있는 곳이야. 보니타, 넌 가족을 떠날 수 있어?"

디에고가 물었다.

"넌 이미 가족을 떠났잖아. 그리고 우리 가족은 내가 감옥에서 살기를 바라지 않을 거야."

보니타가 대답했다.

디에고는 화가 나서 하마터면 산토를 물에 떨어뜨릴 뻔했다.

"우리 부모님도 내가 감옥에서 사는 것을 원하지 않아! 너는 우리 부모님이 그런 일을 바랐을 거라고 생각해? 부모님은 코카 반죽을 밀거래했다고 감옥에 갇혔어. 그런 일은 하지도 않았는데 말이야! 넌 네가 모든 것을 안다고 생각하지만 사실은 아무것도 몰라!"

디에고는 산토를 데리고 쿵쿵거리며 연못 밖으로 나왔다. 산토는 고함 때문에, 물에서 나오고 싶지 않았기 때문에, 뭔가를 하기에는 자신이 너무 작았기 때문에 울었다. 디에고는 산토를 진흙둑에 내려놓으려고 했다. 그러다 자신이 안고 있는 게 산토가 아닌 코리나였다면 진흙 둑에 내려놓지 않을 거라는 생각을 했다.

결국 디에고는 산토의 옷을 주워서 코카밭으로 데려왔다. 그리고 얼굴이 빨개진 산토를 리카르도 부인에게 털썩 안기고는 다시 일을 시작했다. 너무 화가 나서 리카르도 부인에게 설명도 하지 않았다.

디에고의 엄마, 아빠는 학교를 다니기는커녕 살기 위해 1센타보(100센타보는 1볼리비아노)라도 더 벌어야 했다. 변호사를 선임할 돈도 없었다. 그래도 부모님은 디에고에게 최선을 다했다. 굶기지 않았고, 바르게 가르쳤으며, 학교에 보내 주었다. 그런 부모님에게 어떻게 화낼 수 있단 말인가.

그런데도 디에고는 화가 났다. 감옥의 높은 담을 생각했다. 분노에 더 열심히 일했다. 그러면 감옥으로 돌아갈 가능성이 더욱 높아진다는 것을 알면서도.

보니타도 곧 코카밭으로 돌아와 코카 잎을 땄지만 디에고와 멀리 떨어진 나무를 골랐다.

리카르도 부인은 두 사람을 곁눈질로 보면서 고개를 흔들고는 일을 시작했다.

파괴된 농장

코카 잎을 거둬들였다. 일부 잎은 자루에 넣어 운반할 준비를 마쳤지만, 대부분의 잎은 여전히 커다란 비닐 위에 널어 말리는 중이었다. 잎을 완전히 말려서 자루에 넣지 않으면 곰팡이가 생길 것이다.

때때로 마르티노나 산토가 코카 잎들 사이를 돌아다니면서 햇빛을 골고루 받도록 발로 잎들을 펼쳐 주었다. 그러면 잎들이 바스락거리는 소리를 냈다. 다른 때였다면 디에고는 그 소리가 좋았을 것이다. 하지만 지금은 그렇지 않았다. 보니타가 앞에 있었기 때문이다. 결국 디에고는 진지하게 일만 했다.

코카 잎이 마르는 동안 모두는 비닐의 가장자리에 모여서 각자가 꿈꾸던 것을 큰 소리로 이야기했다.

"진짜 축구공이요."

마르티노가 말했다.

"학교요."

보니타가 말했다.

"너희들의 신발."

리카르도 부인이 말했다.

"새로운 농기구. 그리고 집과 외양간을 수리할 목재."

리카르도 씨가 말했다.

"집이요."

디에고가 말했다. 이번에는 감옥의 담이나 비좁은 감방, 화난 교도관들은 생각하지 않았다. 오로지 엄마, 아빠와 코리나 그리고 주머니 가득 돈을 넣고 의기양양하게 집으로 돌아가는 자기 자신만 생각했다.

"이렇게 쳐다만 본다고 잎이 빨리 마르진 않아. 다들 갑자기 할 일이 없어진 거야? 내가 좀 찾아 줄까?"

리카르도 부인이 손을 흔들어 가족을 흩어지게 했다.

농장에는 언제나 할 일이 있었다. 디에고는 가축들에게 먹일 물을 길고 리카르도 씨를 도와 외양간을 청소했다.

디에고가 마르티노를 당나귀에 태워 주고 있는데 보니타가 소리쳤다.

"다 놀았으면 집안일을 도와줘!"

보니타는 초조해지면 머리를 치켜드는 버릇이 있었다. 마르티노는 오두막으로 돌아오는 내내 누나의 걸음걸이와 버릇을 흉내내며 보니타를 놀렸다. 디에고는 그런 마르티노를 보면서 웃음을 꾹 참느라 힘들었다.

"벽을 청소해야 해. 키싱 버그(침노린재류의 흡혈 곤충)를 없애야 하거든."

보니타가 디에고에게 빗자루를 건네며 말하자, 마르티노는 키스 소리를 내면서 낄낄거렸다.

"샤가스병(남미 및 중미에서 볼 수 있는 전염병으로 발열, 두통, 부종의 증상)에 걸릴 수도 있어. 키싱 버그는 우리 집 같은 초가지붕에 살아. 부모님은 양철 지붕을 올리겠다고 하지만 돈이 없어. 특히 우리 집에 가출한 사람이 들어온 뒤로는 더욱 돈이 없지."

보니타가 마르티노를 무시하고 말했다.

디에고는 진흙 벽과 나무 서까래(지붕의 뼈대를 이루는 나무)를 빗자루로 쓴 다음 마르티노와 함께 넝마로 만든 깔개를 마당으로 가져가 털었다.

"마르티노!"

집 안에서 보니타가 외치더니, 작은 종이 상자를 들고 서둘러 밖으로 나왔다.

"내 거야!"

마르티노가 껑충거리며 말했지만 보니타는 손이 닿지 않도록 상자를 들어올렸다.

"마르티노는 우리가 없애려는 벌레들을 모으고 있어. 봐!"

디에고는 상자 안에서 십여 마리의 벌레들이 재빠르게 움직이는 것을 보았다.

"내 거야! 달리기를 시킬 거라고!"

마르티노가 말했다.

"마르티노! 얼마나 말해야 되겠니?"

보니타가 벌레들을 요리용 불에 털어 버리고는 빈 상자마저 던져 버렸다. 연기가 피어오르더니 곧 불길이 되어 활활 타올랐다. 결국 마르티노는 벌레 대신 안전한 놀잇감을 찾아야 했다.

디에고는 깔개를 더욱 탈탈 털었다. 과학 시간에 샤가스병은 위험하다고 배웠기 때문이다. 다음으로 디에고가 베개와 담요를 털려는데, 어디선가 부드럽게 쿵쿵거리는 소리가 들렸다. 소리는 점점 가까워지고 커져 왔다. 드디어 소리의 정체를 알았다. 그런 소리를 내는 것은 하나뿐이었다.

'안 돼.'

디에고는 생각했다.

'안 돼!'

순간, 커다란 초록색 헬리콥터가 디에고와 리카르도 가족 위에

떴다. 헬리콥터가 작은 농장 위를 맴도는 동안 프로펠러는 요란한 소리를 냈다.

마르티노와 산토는 비명을 지르며 달리기 시작했다. 리카르도 부인은 아이들을 팔로 낚아채서 숲으로 달려가지 못하게 했다. 그리고 무릎을 꿇어 울부짖는 아이들의 얼굴을 가슴에 감쌌다. 프로펠러 바람이 일으키는 것들에 아이들의 얼굴을 보호하기 위해서였다. 디에고는 마른 코카 잎들이 나비처럼 공중으로 떠올라 사방으로 흩어지는 것을 무기력하게 바라보았다.

헬리콥터가 마당에 내려앉자, 동시에 픽업트럭(짐칸에 덮개가 없는 소형 트럭)들이 빠른 속도로 흙길을 달려왔다. 쏟아져 나온 군인들이 총을 겨눈 채 무거운 군홧발로 채소밭을 짓밟았다. 프로펠러는 점점 느려지다가 멈췄다. 군인들과 리카르도 가족이 서로를 쳐다보는 동안 침묵이 흘렀다.

그 뒤 침묵을 깬 것은 무시무시한 고함이었다. 보니타가 낡고 쓸모없는 총으로 헬리콥터 주위의 군인들을 겨누며 오두막에서 달려 나왔다. 디에고는 군인들이 발을 내디디는 소리를, 총을 들어 발사하려는 소리를 들었다. 그러다 또 다른 커다란 소리를 들었다. 자신의 목구멍에서 나오는 소리였다.

"안 돼!"

디에고는 커다란 걸음으로 마당을 가로질러 보니타에게 힘껏 달려들었다. 보니타가 바닥으로 쓰러지고 총은 빙빙 돌며 날아갔다. 보니타는 디에고를 떼어 내려 했지만 디에고는 보니타를 힘껏 눌렀다.

"총을 내려. 그냥 아이잖아."

책임자인 병장이 군인을 향해 말했다.

디에고는 군인들이 총을 다시 어깨에 걸치는 소리를 들었다.

"코카를 모두 수거하라는 명령을 받았습니다. 그래서 코카를 가져가려고 합니다."

병장이 리카르도 가족에게 말했다.

"당신들에게는 그럴 권리가 없어요!"

리카르도 씨가 군인들 앞에 나섰지만 총 끝이 막았다.

"당신들은 우리가 수확을 마칠 때까지 기다렸다가 가져가는군요."

"곡식을 길러요. 아니면 채소를 기르든지요."

병장이 말했다.

"우리는 채소를 길러요. 당신들은 우리 양파밭에 서 있는 거예요. 하지만 우리는 양파를 입을 수 없어요. 양파로 교과서 값을 낼 수도 없고요."

리카르도 부인이 말했다. 아이들은 여전히 품에서 울고 있었다.

디에고는 잠잠해진 보니타를 놓아주었다. 보니타는 디에고를 세게 때리고는 엄마에게 산토를 넘겨받았다. 디에고는 보니타를 이해했다. 감옥에서 교도관을 때리는 것은 위험했기 때문에 많은 재소자들이 서로를 때렸다.

어떤 군인들은 코카 자루를 픽업트럭에 실었고 어떤 군인들은 리카르도 가족이 소중히 기르던 코카나무를 도끼와 삽으로 자르고 파냈다. 고구마를 짓밟고 옥수수 줄기도 부러뜨렸다. 군인들은 멈추지 않고 돌로 지은 작은 오두막에 들어갔다. 곧 집 안에서 뭔가 투닥거리고 뒤적이는 소리가 났다.

"집 안에서는 코카를 기르지 않아요! 도대체 왜 이러는 겁니까?"

리카르도 씨가 외쳤다.

"코카 반죽을 숨겼을지도 모르잖아요. 아예 코카인(코카 잎으로 만든 불법적인 약물)이 있을지도 모르죠."

병장이 말했다.

"살림살이밖에 없어요. 당신은 가족도 없어요? 부끄럽지 않아요?"

리카르도 부인이 울부짖었다.

"물러나세요. 금방 끝낼테니까."

병장이 말했다.

작은 리카르도 농장을 파괴하는 데는 오래 걸리지 않았다. 마구

잘린 코카나무들과 말린 코카 잎 자루들이 여러 트럭에 나뉘어 쌓였다. 마르티노의 축구공, 보니타의 학교, 리카르도 씨의 농장 수리, 디에고의 집에 돌아가는 꿈도 함께 사라졌다. 이제 디에고는 주머니에 돈을 넣고 가족에게 돌아갈 방법도, 부모님에게 끼친 두려움과 걱정을 갚을 방법도 없었다. 입에서 쓰디쓴 무력감이 느껴졌다. 아무것도 할 수 없다고 생각하자 배가 뒤틀리고 머릿속에서 경고음이 울렸다.

보니타의 총은 땅바닥에 나뒹굴고 있었다. 군인들이 낡고 녹슬었다고 비웃으며 던져 버렸기 때문이다. 디에고는 총을 집어 들어 가장 가까운 트럭에 달려들었다. 트럭이 움직이지 못하면 코카도 가져갈 수 없을 것이다. 트럭에는 일을 마친 군인들이 담배를 피우며 웃고 있었다. 디에고는 전조등과 범퍼를 박살 내고 앞 덮개를 총열로 두드린 뒤 엔진까지 치려고 했다.

디에고가 트럭을 마구 쳐서 쇠붙이 곳곳이 움푹 들어갔다. 놀란 군인들이 담배를 내던지고 달려오는데도 디에고는 자신이 누구를, 또 무엇을 치는지 상관하지 않고 계속 총을 휘둘렀다. 디에고를 잡으려던 군인들은 얼굴과 다리, 가슴을 맞고는 비명을 지르며 욕을 했다. 마침내 군인들 한 떼가 디에고를 덮쳐서 끌어냈다.

디에고의 얼굴이 땅에 처박혔다. 코로, 눈으로 흙이 들어왔고, 리카르도 가족의 고함이 들렸다. 보니타도 군인들이 디에고를 다치게 하자 욕을 해댔다. 하지만 군인들은 상관하지 않았다. 디에고의 두 팔을 뒤로 꺾어 손목에 세게 노끈을 감았다. 하도 꽉 묶어서 손목이 타는 듯이 뜨거워졌다가 감각이 사라질 정도였다. 디에고는 흙과 피를 맛보며 군인들이 무릎으로 등을 누르는 것을 느꼈다.

"당신 아들은 체포되었소. 저 애가 내 부하들을 공격했소."

병장이 말했다.

디에고는 리카르도 부부가 "우리 아들이 아니에요."라고 말하기를 기다렸다. 하지만 리카르도 부부 입에서 나온 말은 생각과 달랐다.

"저 애는 작고 당신들은 커요. 그런데 당신들이 저 애를 체포한다고요? 도대체 뭐 하는 사람들이죠?"

군인들은 대꾸하지 않고 디에고의 팔을 잡아 올렸다. 날카로운 아픔이 등 전체에 번질 만큼 아팠다. 디에고는 자신이 울고 있다는 것이 부끄러웠다. 얼굴은 흙과 눈물로 젖어 있었고, 셔츠는 코피로 붉은색이었다. 너무 많은 일이 벌어진 탓에 머리도 멍멍했다. 리카르도 부부는 애원하고, 마르티노와 산토는 울고, 보니타는 소리를 질렀다. 병장이 명령하자 군인들은 디에고를 트럭 뒤로 들어 올렸다. 디에고는 발길질을 하며 몸을 꿈틀댔지만 군인들은 덩치가 컸다. 디에고는 코카 잎 자루들과 죽은 나무들 사이에 내려졌다. 나뭇가지가 눈을 찔렀다.

디에고는 너무 화가 나서 가만히 있을 수가 없었다. 벌떡 일어나 트럭에서 뛰어내리려고 했지만 군인들이 막았다.

"그만! 진정해. 너를 다치게 하지 않을게. 편안히 있어."

한 군인이 말했다.

디에고는 군인들을 뚫고 나올 수 없어서 뽑혀진 코카나무들 사이를 요리조리 지나 군인들과 최대한 멀리 떨어졌다. 트럭의 운전석과 코카 자루들 사이였다. 디에고는 리카르도 가족을 다시 바라보았다. 리카르도 부부가 아이들을 팔로 감싸고 서 있었다. 모두 울고 있었다.

디에고는 리카르도 가족이 잃어버린 코카 잎 때문에, 함께 사라진 꿈들 때문에 운다는 것을 알았다. 그리고 디에고는 리카르도 가족이 자신 때문에도 운다는 것을 알았다. 단 일주일을 지냈을 뿐이지만 자신이 리카르도 가족을 좋아하는 만큼 리카르도 가족도 자신을 좋아한다는 것을 알았다.

헬리콥터가 떠오르면서 프로펠러가 요란하게 폭풍을 일으켰다. 군인들이 트럭에 기어오르고 트럭들은 달리기 시작했다. 디에고는 작별 인사로 손을 흔들 수도 없었다.

"감사해요!"

디에고가 리카르도 가족에게 소리쳤다.

진짜 나쁜 사람들

픽업트럭이 길을 내려갔다. 길은 트럭을 위한 길이 아니었다. 바퀴 자국, 바위, 덤불이 가득해서 라마와 당나귀에게 어울렸다. 울퉁불퉁한 길을 둘러 가는 동안 코카 자루들이 충격을 조금 줄여 주었지만 흙과 눈물 때문에 눈이 따끔거려도 닦아낼 수는 없었다. 낮게 뻗친 나뭇가지들이 디에고의 얼굴을 쓸어내렸다. 곧 체포당한 충격이 가시자 두려움이 커져 왔다. 감옥에 가고 싶지 않았다. 부모님처럼 감옥 마당에서 하늘을 바라보고 싶지 않았다.

잠시 멈췄다가 평평한 길로 올라선 트럭이 속도를 내기 시작했다. 하지만 오래지 않아 다시 커브를 돌았고, 디에고는 트럭 바닥에 부딪혔다.

마침내 트럭이 멈추고 모터가 꺼졌다. 더 많은 목소리와 라디오의 음악 소리가 들려왔다. 나무 타는 냄새와 음식 냄새도 났다. 디에고는 트럭에서 뛰어내려 달아날 준비를 했다. 하지만 군인들이 트럭에서 짐칸의 덮개를 내리더니 디에고에게 손을 뻗었다. 달아나기에는 상대가 너무 많았다. 군인들은 디에고를 들어 올리고는 허공에서 달아나려고 발버둥 치는 디에고를 보고 웃어 댔다.

"무슨 일이야? 이 아이는 여기서 뭘 하는 거지?"

깔끔한 군복 차림의 키 큰 남자가 디에고를 들어 올린 군인들에게 성큼성큼 다가왔다.

"공격이요, 대위님. 총을 들고 우리를 쫓아왔어요."

한 군인이 말했다.

"총을 쐈나?"

"아뇨, 총은 낡고 망가졌어요. 대신 총으로 우리를 때렸습니다."

디에고는 몸부림을 멈췄다. 군인들은 디에고를 땅에 내려놓았지만 어깨와 팔은 꽉 붙잡고 있었다.

'정신 차리고 준비하자. 눈을 크게 뜨고 어떻게 하면 유리한지 똑똑히 보자.'

디에고가 택시의 실력을 보여 줄 기회였다.

"이 애가 낡고 쓸모없는 총으로 때렸다는 거군."

대위는 별로 신경 쓰지 않는 듯했다.

"우리 트럭도 쳤어요. 전조등도 부쉈죠."

한 군인이 덧붙였다.

"그래서 이 애를 데려왔다는 거군. 여기가 운동장으로 보이나?"

디에고는 군인들 너머로 작게 무리 지어 있는 나일론 텐트들을 보았다. 요리를 하고 음식을 먹는 곳에는 나무들 사이로 비를 막기 위한 방수포가 펼쳐져 있었다. 트럭과 지프(사륜구동 자동차)들은 캠프 가장자리에 주차되어 있었다. 빨랫줄, 식량 창고, 물병들도 보였다. 옆으로는 농장들에서 빼앗은 코카 잎 자루들과 베어진 코카나무들이 쌓여 있었다.

"이름이 뭐지?"

대위가 디에고에게 몸을 숙이고 물었다.

"디에고요."

"네 부모님은 코카를 기르지 말았어야 해, 디에고. 네 부모님은 그걸 알고 있니?"

"코카를 기르기만 한 것이 아니에요. 저 애의 다리를 보세요."

한 군인이 말했다.

군인이 디에고를 다시 들어 올리는 바람에 디에고의 다리가 허공에서 대롱거렸다. 그 순간, 디에고는 군인의 배를 걷어찼다. 군인이 몸을 굽히고 숨을 쉬지 못하며 괴로워하는 동안 다른 군인들이 웃어 댔다.

"넌 코카를 밟았구나."

대위가 말했다.

코카 구덩이에서 여러 주일을 보내는 동안 디에고의 발과 다리는 희게 변해 있었고 빛바랜 피부에는 빨간 얼룩이 흔적으로 남아 있었다.

"그런 일을 시키다니 네 부모는 괴물이야. 네 피부가 썩어 가는 것도 몰랐대?"

"리카르도 부부는 우리 부모님이 아니에요. 나는 코카 반죽을 하는 구덩이에서 도망쳤어요. 거기 남자들 때문에 내 친구가 죽었고요. 그러니까 리카르도 부부는 그 구덩이와 상관없어요. 나를 자기네 집에서 지내게 해 주었을 뿐이에요."

리카르도 부부를 변호하려던 디에고의 입에서 하지 않으려던 말까지 나왔다.

"네 친구가 죽었다고? 구덩이가 어디에 있는데? 우리에게 보여 줄 수 있어?"

대위가 말했다.

"정글에 있었어요. 근처에 밧줄로 만든 다리와 상점이 있는 작은 마을도 있었고요."

디에고는 그렇게 말하면서 자신이 정글을 다시 찾아가지 못하리라는 것을 알았다. 디에고는 코차밤바에서 정글까지 가는 동안 잠을 잤고, 도망치려다 붙잡혀 스미스와 헬리콥터를 탔다. 그리고 다시 정글 사이를 맹렬히 달려 나왔다. 디에고는 자기 이야기가 사실이라는 것을 증명할 방법이 없었다.

"그러면 네 부모님은 어디 있지?"

대위가 물었다.

디에고는 입을 다물었다. 코카 구덩이에서 일하는 것은 법에 어긋나는 것이었다. 자신이 코카 구덩이에서 일한 탓에 부모님이 더 많은 시간을 감옥에서 보내게 된다면? 상황을 더 나쁘게 만들고 싶지 않았다. 자신의 대답이 어떤 결과를 가져올지 정확히 알기 전에는 아무 말도 하지 않을 것이다.

디에고는 입술을 굳게 다물고 대위를 노려보았다. 감옥에서는 교도관들을 노려보고 싶었지만 무서워서 그러지 못했다.

대위가 웃었다.

"너희도 이 아이처럼 강했으면 좋겠다. 그러면 볼리비아군이 남아메리카와 중앙아메리카를 모두 정복하고 백악관까지 쳐들어갈 텐데. 미국인들이 우리를 보고 깜짝 놀라겠지? 내일 이 아이를 데리고 왔던 농장으로 돌아가서 구덩이를 찾는다. 거기 아무 흔적이 없다면 이 아이 말이 진실이겠지."

대위는 코카를 내리고 디에고를 잡아 두라고 명령했다.

처음 디에고는 군인들이 나무에 묶어 둔 바람에 가만히 서 있어야 했다. 하지만 곧 대위가 군인들을 야단치며 디에고 손목에서 노끈을 잘라 주었다. 대위는 대신 취사 구역 테이블에 디에고를 앉히고 디에고의 한쪽 발목을 테이블 다리에 묶었다.

"이 아이가 도망가면 너희 잘못이야. 너희 일을 제대로 해."

대위가 부하들에게 말하고는, 근처에서 요리하고 있던 나이 든 남자에게 신호를 보냈다. 그러자 요리사가 물었다.

"배고파?"

디에고는 거부하지 않았다. 그동안 너무 자주 굶었다.

디에고가 고개를 끄덕이자, 따뜻한 엠파나다(고기나 치즈로 채운 페이스트리)가 앞에 놓였다. 디에고는 엠파나다를 게걸스럽게 먹어 치웠다.

"내 엠파나다를 좋아하는구나."

요리사가 말했다.

"맛있어요."

디에고가 대답했다.

"불에 구웠단다. 생각도 못 했지, 그렇지?"

"맞아요."

디에고는 결코 생각해 본 적이 없었다.

"보여 줄게. 넌 좋은 음식과 멋진 삶에 관심 있는 교양인 같으니까."

디에고가 웃었다. 요리사는 춤추듯이 손을 움직이면서 다진 고기와 채소를 네모난 반죽에 떠 넣었다.

"여기 사람들은 돼지 귀와 옥수숫대도 구분하지 못해. 그저 뜨겁게, 빨리, 많이 주기를 원하지. 씹지도 않고 삼킨다니까. 먹는 것에 신경 쓰지 않으니 나는 이런저런 실험을 해 볼 수 있단다. 퇴역하면 요리책을 쓸 거야. 〈볼리비아의 음식〉 팔릴 것 같니?"

디에고가 고개를 끄덕이며 묶인 발을 꼼지락거렸다. 대위가 얼마나 단단하게 묶었는지 확인하기 위해서였다. 요리사는 이야기를 이어 나가며 그런 디에고를 넌지시 보았다. 디에고는 교도관들의 경계심과 예민함에 익숙했기 때문에 자신이 감시받고 있다는 것을 알았다. 그래도 줄에서 풀려나기 위해 계속 꼼지락거렸다.

요리사는 포일과 냄비 뚜껑으로 만든 임시 오븐에 새로 빚은 엠파나다를 넣었다. 그리고 어떻게 원숭이를 굽는지, 어떤 뱀을 스튜에 넣어야 닭고기 맛이 나는지, 볼리비아의 지역마다 어떤 허브들이 나는지 계속 이야기했다.

"다시 칠레와 전쟁을 한다면…… 우리는 바다로 나갈 길을 되찾고 나는 요릿감으로 신선한 조개류를 얻을 텐데."

요리사가 생각에 잠겨 말하고는 구운 엠파나다를 식혔다. 밤에 순찰을 도는 군인들에게 줄 거라고 했다.

디에고는 군인들과 함께 앉아 저녁을 먹었다. 쌀, 콩, 옥수수, 닭고기. 예전에 먹던 음식보다 훨씬 맛있었다. 앞으로 무슨 일이 벌어지든 이런 음식을 먹을 기회는 없을 거라고 생각하며 주는 대로 먹었다. 하지만 군인들은 포로, 그것도 아이와 함께 먹는 것을 불평했다.

"그러면 접시를 들고 다른 데로 가든지. 이 아이는 너희 모두보다 더 많은 용기와 충성심을 보여 주었어."

대위가 말했다.

"그럼 이 애를 군인으로 뽑아야겠네요. 저를 대신하면 되겠어요."

한 군인이 말했다.

"저도요."

몇몇 군인들이 따라 말했다.

"저를 써 주세요. 아저씨들을 위해 일할게요. 물론 돈을 받고요."

갑자기 디에고가 말했다.

"심부름도 하고 요리도 돕고 청소도 하고."

디에고는 손가락을 꼽으며 덧붙였다.

"너 같은 아이가 군인들과 지낼 만큼 강인하다고 생각하니?"

한 군인이 디에고를 조롱했다.

"아저씨들이 뭐가 그렇게 강인한데요? 크고 강인한 아저씨들이 하는 일이라곤 코카나무를 갈기갈기 베어 내 농부들에게서 훔쳐 가는 것뿐이잖아요."

디에고가 물었다.

"우리는 코카인이 북아메리카로 흘러드는 것을 막아야 해. 미국 정부가 우리 볼리비아에 돈을 주면서 부탁했거든. 볼리비아는 가난하고 우리는 이 돈이 필요해. 그런데 코카인보다 코카 농부들이 더 찾기 쉬워서 이렇게 하는 거야."

대위가 말했다.

"아저씨들에게 나쁜 일을 하게 한다면 돈이 좋은 것은 아니죠."

디에고가 말했다.

"이제는 정부의 전문가가 되셨네."

한 군인이 많은 밥을 입에 밀어 넣으며 말했다.

"아마 너에게는 더 좋은 생각이 있겠지. 나는 이 지역에서 자랐어. 내 부하들도 대부분 그렇지. 우리가 우리 이웃들을 가난하게 만들고 싶겠니?"

대위가 디에고에게 말했다.

"그럼 우리 코카를 빼돌려 코카인을 만드는 그 나쁜 사람들을 잡아요."

디에고의 말에 대위가 웃었다. 하지만 재미있어서 웃은 것은 아니었다.

"그 사람들을 잡으라고? 그들은 우리보다 돈도 많고 비행기도 많고 헬리콥터도 많고 고위직의 친구들도 많아. 넌 아직 어리니까 이해하지 못할 테지만 높은 자리에 있는 사람이 다 좋은 사람은 아냐."

디에고도 이미 알고 있었다. 교도관들이 재소자들 것을 도둑질하는 것을 보았다.

"난 식물들을 갈가리 베고 착한 가족들이나 겁주고 싶어서 군인이 된 게 아냐. 네가 진짜 나쁜 사람들을 잡는 방법을 알려 주었으니 반드시 그들을 잡을 거야."

대위가 말했다.

군인들은 접시를 비우자마자 테이블을 떠났다. 요리사는 자신과 대위를 위해 커피를 따르고, 디에고에게는 토스타다(보리, 꿀, 계피로 만든 음료수)를 따라 주었다.

"부모님은 어디 있지?"

대위가 다시 물었다.

"감옥에요. 코차밤바에요."

디에고가 마침내 털어놓았다.

"감옥에서 부모님과 살았니?"

"산세바스티안 여자 감옥에서요."

"부모님은 네가 어디에서 무얼 하는지 아시니?"

디에고가 고개를 흔들고 테이블을 노려보았다. 가출한 시간을 증명해 줄 그 무엇도 없이 여자 감옥으로 걸어 들어가는 자신을 상상했다. 교도관과 다른 재소자들은 자신을 아무것도 못 하는 멍청한 아이라고 생각할 것이다. 부모님만은 기뻐하겠지, 하지만 그런다고 뭐가 달라질까?

디에고는 울지 않기 위해 뜨겁고 달콤한 토스타다를 한 모금 삼켰다. 아직 빚이 남았지만 갚을 방법이 없었다.

밤이 되자 디에고는 요리사 텐트의 야전 침대(야외에서 사용하는 접이식 침대)에 눕혀졌다. 그리고 밧줄이 아니라 진짜 수갑으로 야전침대에 묶였다.

"널 위해서야. 밖은 소년을 다치게 하는 것들이 너무 많지."

요리사가 등유 랜턴의 불을 줄이며 말했다.

디에고는 너무 비참해서 아무 대답도 하지 못했다. 어둠 속에서 군인 캠프가 점점 조용해졌다. 요리사는 반대쪽 야전 침대에서 코를 골며 잤다. 코 고는 소리가 훌쩍이는 소리를 숨겨 주기를 빌며 디에고는 울었다.

정체된 도로

디에고는 시끄러운 소리에 잠에서 깼다. 지프들이 엔진 회전 속도를 높이고 있었고, 묵직한 군홧발이 캠프를 뛰어다니고 있었다. 수갑은 어느새 풀린 채였다. 요리사의 텐트도 비어 있었다. 디에고는 텐트 밖으로 머리를 내밀었다.

"가자! 차에 타."

대위가 부하들에게 소리쳤다.

"무슨 일입니까?"

한 군인이 물었다.

"코카렐로(코카를 재배하는 농부)들이 고속 도로를 막았어. 디에고를 트럭에 태워!"

대위가 말했다.

"디에고요? 디에고가 누구죠?"

“그 소년! 트럭에 소년을 태워. 아마 써먹을 수 있을 거야.”

디에고는 도망치기 시작했지만 군인들의 상대가 되지 않았다. 결국 디에고는 흙에 얼굴부터 처박혔다. 그러자 요리사가 나타나 프라이팬으로 군인들을 위협했다. 군인들은 곧장 사과하고는, 디에고를 일으켜 세워 흙을 털어 준 다음 트럭으로 데려갔다.

“뭐 하는 거예요? 어디로 가는 거죠?”

디에고는 픽업트럭에 실리면서 물었다.

“그냥 명령을 따르는 거야.”

한 군인이 트럭에 올라 디에고 옆에 앉으며 말했다.

픽업트럭들이 캠프 밖으로 향하기 시작했다. 요리사가 꾸러미를 들고 달려왔다. 꾸러미에는 아직 따뜻한 엠파나다가 가득했다.

“나눠 먹지 마. 전부 네 거야.”

더 많은 군인들이 트럭에 오르자, 디에고는 한쪽 귀퉁이에 움츠렸다. 한 손으로는 엠파나다 꾸러미를 끌어안고 다른 손으로는 픽업트럭의 옆을 붙잡았다. 곧 트럭은 큰 길로 향하는 군용 차량들과 합류했다.

무슨 일이 일어날지 몰라도 디에고는 즐거웠다. 더 이상 수갑을 차지 않았고, 멋진 볼리비아의 태양이 내리쬈으며 사방은 초록으로 아름다웠다. 디에고는 또 다른 기회를 기다리기로 했다.

트럭이 작은 마을을 지나 속도를 늦추더니 완전히 멈춰 섰다.

대위의 지프는 행렬에서 빠져나와 고속 도로 옆쪽을 향해 달렸다. 디에고는 무슨 일인지 보려고 몸을 내밀었지만 앞의 트럭 때문에 보이지 않았다. 자동차들의 요란한 경적 소리가 차들이 많이 밀렸음을 알렸다.

"빌어먹을 코카렐로들! 오늘은 쉬는 날인데."

디에고 옆에 앉은 군인이 트럭 너머로 내뱉었다.

대위의 지프가 디에고의 트럭 옆에 멈추었다. 대위는 트럭의 운전병에게 자신을 따라 앞으로 나올 것을 명령했다. 트럭은 대위의 지프를 따라 고속 도로 반대 차선을 달리며 경적을 울려 대는 차들, 목재와 가축이 가득한 트럭들, 창문으로 불평을 해 대는 사람들로 가득한 버스들을 지나쳤다.

곧 트럭이 정체된 차선 앞에 멈추자, 놀라운 광경이 펼쳐졌다. 사람들이 도로에 줄지어 앉아 아무것도 통과시키지 않고 있었다. 앞에는 통나무와 나뭇가지로 쌓인 벽이 있었다.

첫 번째 바리케이드 뒤로 더 많은 사람들이 더 많은 나뭇가지를 끌고 왔다. 어떤 사람들은 쉼터를 만들기 위해 나뭇가지 사이에 방수포를 매달았다. 디에고는 중간중간 아기들과 아이들, 노인들과 가족들을 보았다. 그러다 디에고는 낯익은 사람을 보았다. 리카르도 부인이었다.

"리카르도 부인! 리카르도 부인!"

디에고는 손을 흔들고 소리를 질렀지만 리카르도 부인은 듣지 못했다. 욕을 하고 경적을 울리는 사람들과 구호를 외치는 코카렐로들 때문에 소란스러웠다.

"우리는 정의를 원한다! 우리는 정의를 원한다!"

디에고는 대위가 혼자 시위자들 앞으로 걸어가는 것을 보았다. 남자와 여자 몇 사람이 바리케이드 밖으로 나와 대위에게 걸어 나왔다. 대위는 그 사람들의 이름을 듣고 악수를 나눴다. 무슨 말이 오가는지는 알 수 없었지만, 시위자들이 무어라 말을 하고 대위가 고개를 끄덕였다. 대위가 정체된 차와 트럭에 팔을 흔들자, 시위자들은 고개를 흔들었다. 이런 상황은 조금 더 계속되었다. 대위가 다시 사람들과 악수하고 자동차 행렬로 돌아왔다.

"이 차들을 돌려보내자."

대위가 말했다.

"어디로요?"

"마을로. 사람들이 차 안에서 화만 내 봤자 전혀 도움 되지 않아. 어서 움직여."

군인들은 여러 가지 훈련을 받았지만 교통정리는 훈련받지 못했다. 운전자와 군인 사이에 말싸움이 벌어졌다. 모두가 불평을 늘어놓고 욕을 해서 주위가 더욱 시끄러워졌다. 오랜 기다림에 지친 아이들은 차에서 뛰쳐나갔고 부모들은 아이들을 쫓아다녔다.

닭들이 울어 대던 상자 하나가 트럭에서 떨어졌다. 상자가 열리면서 사방으로 닭들이 흩어지고 한바탕 소동이 벌어졌다. 자동차 행렬이 끔찍할 정도로 뒤엉켰지만 픽업트럭 뒤에 앉은 디에고는 매순간이 즐거웠다. 군인들은 한참 동안이나 문제를 바로잡으려고 했지만 오히려 사태만 심각해질 뿐이었다.

대위는 부하들의 무능함에 창피한 것 같았다. 결국 대위는 모든 것을 중지시키고 부하들을 모아서 계획을 세웠다. 곧 군인들은 힘을 모아 차들을 돌려보냈다.

차와 트럭이 가 버리자 고속 도로가 조금 조용해졌다. 시위자들의 구호도 조금 잦아들었다. 모두가 다음 일을 준비할 약간의 휴식이 필요했다. 군대 트럭과 지프는 넓게 퍼져서 고속 도로 양쪽 차선을 차지했다. 또 다른 봉쇄였다. 두 개의 바리케이드가 서로 마주 보았다.

대위는 길 한가운데로 가서 두 손을 들고 시위자들을 조용히 시켰다. 시위자들은 구호를 멈추고 집중했다.

"여러분들을 위해 이곳의 안전을 확보했습니다. 우리는 여기서 어떤 나쁜 일도 일어나지 않기를 바랍니다. 여러분은 볼리비아 사람이고 우리도 볼리비아 사람입니다. 우리는 합의할 수 있을 거라고 확신합니다."

대위가 말했다.

"우리에게 코카를 돌려주세요!"

어느 시위자가 소리쳤다. 그러자 몇 분간 환호와 구호가 이어졌다. 대위는 시위자들이 다시 조용해질 때까지 기다렸다.

"여러분은 내가 그럴 수 없다는 것을 압니다. 내게 불가능한 일을 하라는 것이죠. 그건 협상이 아닙니다. 우리는 여러분이 안전하게 시위하도록 도왔습니다. 대신 여러분은 한 시간만 시위를 했으면 합니다."

대위의 말은 심한 비웃음과 야유를 샀다. 심지어 디에고는 대위가 불쌍하다고 느껴졌다.

"볼리비아에는 고속 도로가 많지 않습니다!"

대위는 자신의 목소리가 들리도록 크게 외쳤다.

"트럭과 버스는 다른 길이 없습니다. 상업을 생각하세요. 경제를 생각하세요. 한 장소에서 다른 장소로 가야 하는 사람들을 생각하세요. 길을 막는 것은 곧 볼리비아를 막는 겁니다!"

하지만 대위의 목소리는 구호에 묻혔다.

"그냥 쏘아 버려야 해. 대위님은 왜 저렇게 시간을 낭비하시지?"

디에고 옆에 서 있던 군인이 말했다.

"아저씨는 멍청이에요. 아저씨에게는 여자 친구가 생기지 않을 거예요."

디에고는 이 말이 남자를 모욕하기 좋은 말이라는 것을 남자 감옥에서 배웠다. 결국 옆통수를 한 대 맞았지만 그럴 만한 가치가 있었다.

"여러분이 원하는 것 중에 내가 내줄 수 있는 뭔가가 있을 겁니다."

대위가 외쳤다.

"당신들이 어제 소년을 데려갔소. 소년을 돌려주시오."

누군가 외쳤다.

"그 일 때문입니까? 그 소년? 소년을 넘겨주죠."

대위는 크고 빠른 발걸음으로 트럭에 오더니 디에고를 들어 땅에 내려놓았다. 그리고 디에고가 좋다거나 싫다고 말할 틈도 없이 디에고 어깨에 팔을 두른 채 시위자들에게 데려갔다.

리카르도 부인이 튀어나와 디에고를 안았다. 리카르도 부인은 디에고가 자신의 아들인 것처럼 울고 있었다. 리카르도 씨도, 마르티노도, 산토도 있었다. 보니타조차 기뻐하는 것 같았다. 디에고가 바라보자마자 고개를 돌리기는 했지만.

시위대의 첫째 줄에 디에고의 자리가 만들어졌다. 리카르도 부인의 바로 옆이었다. 디에고는 리카르도 부인에게 엠파나다 꾸러미를 건넸다. 리카르도 부인은 엠파나다 꾸러미를 사람들과 나누기 위해 다른 누군가에게 전했다.

리카르도 부인이 팔을 둘러 디에고를 포근하게 안았다. 이런 보살핌을 받기에는 조금 나이가 들었지만, 디에고는 상관하지 않았다. 디에고는 이런 보살핌이 좋았다.

"여러분은 소년을 찾았소. 이제 고속 도로를 비워 주시오."

대위가 말했다.

"우리 코카를 돌려줘요!"

고함이 들리고, 구호가 다시 시작되었다.

디에고도 합세했다. 소리를 지르고 구호를 외치는 것은 재미있었다. 아마 구호는 대위를 질리게 할 것이다. 대위가 코카를 돌려주면 리카르도 부부는 수확한 코카 잎을 내다 팔 수 있을 것이고, 디에고도 돈을 나눠 받아 집으로 돌아갈 수 있을 것이다.

대위는 몇 분 동안 길에 서서 상황을 진정시키려고 했지만, 구호 소리는 기세등등했다. 디에고는 구호에 맞춰 소리를 지르고 무릎을 쳤다. 그러면서 리카르도 부인 무릎에서 산토가 박자에 맞게 손뼉 치도록 도와주었다.

대위는 고개를 돌리고 부하들에게 돌아갔다. 병장들과 잠깐 회의를 한 대위는 길 한가운데 있는 지프에 올라탔다. 디에고는 구호 소리가 커서 첫 번째 명령은 듣지 못했지만 총을 올리고 발사 준비를 하는 군인들을 보았다. 구호 소리가 거의 순식간에 멈췄다. 주위의 모든 사람이 아주 조용해졌다. 리카르도 부인이 산토를 누군가에게 건네주자 그 사람이 산토를 바리케이드 뒤로 데려갔다. 리카르도 씨는 마르티노도 뒤쪽으로 밀었다. 디에고는 뒤쪽에서 아이들이 웃으며 노는 소리와 새들이 지저귀는 소리를 들었다. 그리고 군인들이 손가락을 방아쇠에 걸고 총을 발사할 준비를 마친 것을 보았다.

"이 고속 도로를 비워 주십시오! 열까지 세겠습니다. 우리도 이러고 싶지 않아요! 우리는 분명히 여러분에게 물러나라고 했습니다. 누군가 다친다면 여러분 잘못입니다."

대위가 침묵 속에서 외쳤다.

디에고는 주위 사람들의 얼굴을 보았다. 공포가 보였지만 아무도 움직이지 않았다.

"하나!"

대위가 소리쳤다.

"보니타, 뒤로 가."

리카르도 씨가 명령했다.

"싫어요."

보니타가 아빠의 손을 잡으며 말했다.

"둘!"

대위가 소리쳤다.

"디에고, 보니타를 데리고 뒤로 가."

리카르도 씨가 말했다.

디에고는 보니타의 팔에 손을 올렸지만 보니타가 쏘아보는 바람에 손을 내리고 말았다.

"셋!"

디에고는 리카르도 부인과 모르는 남자 사이에 도로 앉았다. 리카르도 부인은 디에고의 손을 움켜잡았다. 디에고도 옆에 앉은 남자의 손을 잡았다. 이름은 몰랐지만 이제 모두는 친구였다.

"여섯!"

대위가 크고 느리게 숫자를 외쳤다. 사람들은 성모송(성모 마리아에게 바치는 기도)을 중얼거렸지만, 디에고는 너무 화가 나서 기도할 수가 없었다.

"여덟!"

소리에 군인 한 명이 총을 내렸다.

"대위님. 전 이 사람들을 쏠 수 없습니다. 우리 마을도 여기서 멀지 않아요. 저를 체포하셔도 좋습니다. 하지만 저는 쏘지 않겠습니다."

군인은 트럭에서 뛰어내리더니 땅에 총을 내려놓았다.

"저도요, 대위님."

또 다른 군인이 말했다. 대여섯 명의 군인도 땅에 총을 내려놓았다. 대위는 열까지 세지 못했다.

"총 내려! 이런 일을 하기에는 내 월급이 너무 적어. 너희도 마찬가지고. 높은 자리에 있는 누군가가 책임을 져야지. 트럭으로 돌아가."

대위가 명령했다.

군인들이 픽업트럭으로 뛰어올랐다. 모터가 움직이고 차들이 한 대씩 돌더니 다시 고속 도로를 달려 내려갔다.

사람들은 환호를 지르고, 노래하고, 포옹하고, 춤을 추며 기뻐했다. 심지어 보니타는 디에고를 껴안았다가 자신이 무슨 짓을 했는지 깨닫고는 디에고를 밀어냈다.

"군인들은 돌아올 거야. 우리는 대비해야 해. 모두 자기 일로 돌아가."

서로 축하하는 소리가 잦아들자 나이 든 여자가 말했다. 언제나 일이 있었다. 삶에서 확신할 수 있는 것은 그것뿐이었다. 다행히 디에고는 일을 좋아했기 때문에 곧장 일을 시작했다.

다리 위의 사람들

"저를 어떻게 찾았어요?"

디에고가 리카르도 씨에게 물었다. 숲에서 커다란 나뭇가지를 함께 끌고 가는 중이었다.

"찾지 못했어. 그냥 운이 좋았던 거지."

리카르도 씨가 말했다.

"군인들이 저를 놓아주지 않으면 어떻게 하셨을 거예요?"

디에고가 물었다.

"도대체 무엇 때문에 군인들이 너를 잡아 두겠니?"

보니타가 제때 나타나 골렸다. 모두는 함께 나뭇가지를 고속 도로로 끌고 갔다.

"이보다 훨씬 더 많이 필요해요."

보니타가 잠깐 숨을 돌리는 디에고와 아빠에게 거의 꾸짖듯이 말하곤 먼저 숲으로 돌아갔다.

"보니타는 항상 저랬어요?"

디에고가 물었다.

"항상 그랬지. 우리 보니타는 언젠가 볼리비아의 대통령이 될 거야."

리카르도 씨가 미소를 지으며 말했다.

디에고는 과연 그것이 좋은 일인지 나쁜 일인지 계속 생각하다가 일을 다시 시작했다.

잠시 후, 회의가 열렸다. 한 남자가 일어서서 말했다.

"장애물을 200미터 아래쪽으로 옮겨서 다리를 차지합시다. 다들 어떻게 생각하죠?"

수많은 회의에 참석했지만 이런 회의는 처음이었다. 모든 것이 논의와 투표를 거쳐야 했고, 모두가 의견이 있어 보였다. 합의하는 데 시간이 좀 걸렸지만 결국 모두가 장애물을 옮기기로 했다.

다리는 깊고 넓은 계곡 위에 뻗어 있었다. 아래로는 얕은 강이 바위투성이 바닥 위를 흐르고 있었다. 다리 양쪽으로는 진초록의 언덕들이 이어졌다. 고속 도로 남단은 곧게 이어지다가 언덕을 끼고 부드럽게 휘어졌고, 고속 도로 북단은 언덕을 오르다가 강줄기를 따라 옆쪽으로 완만하게 휘어졌다.

다리는 시위자들에게 유리한 위치였다. 양쪽에서 무엇이 다가

오는지 쉽게 볼 수 있었다. 사람들은 장애물을 만들 나뭇가지와 물건들을 언덕 아래로 가져왔고, 어떤 사람들은 이미 다리 위에 와 있는 차들을 돌려보내기 위해 먼저 다리로 갔다. 디에고는 운전자들에게 약간의 욕설을 들었다. 하지만 다리를 지나 계속 북쪽으로 이동하는 것을 허락받은 운전자들은 응원의 말을 전해 주었다.

다리에 도착한 시위자들은 다리 남단에 장애물을 세우기 시작했다. 처음에는 다리에 서서 스스로 장애물이 되었다가 그다음에는 통나무와 나뭇가지로 장애물을 쌓았다. 그사이 더욱 많은 시위자들이 다리로 몰려왔다. 디에고는 고속 도로를 계속 오락가락하면서 다리로 물건들을 날랐다. 모르는 사람들에게 미소를 짓자, 그들도 함께 미소 지었다.

디에고와 시위자들이 세 번째로 남단의 숲에서 나뭇가지와 오래된 통나무를 끌고 다리를 지날 때였다. 다리 북단을 보강하라는 외침이 들렸다. 디에고는 다른 사람들과 다리 반대쪽 끝으로 서둘러 갔다.

차들이 반대편에 모이기 시작하고 있었다. 한 운전자가 방해물을 뚫고 지나가려고 했다. 반짝이는 빨간 스포츠카 경적에 몸을 기댄 운전자는 차창으로 머리를 내밀고 시위자들에게 욕을 하면서 누구든 다가오면 치려고 했다. 코카렐로들은 차 앞에 단단한

인간 벽을 만들었다. 디에고와 사람들은 주먹으로 후드를 쳤다. 운전자는 아랑곳하지 않고 앞으로 움직였다.

"비키지 않으면 속도를 내겠어. 난 너희 농부들이 몇 명 죽든 간에 상관없어."

운전자는 케추아족(볼리비아를 비롯한 안데스 일부 지역에서 케추아어를 쓰는 원주민)도 아이마라족(볼리비아를 비롯한 안데스 일부 지역에서 케추아족 다음으로 많이 사는 원주민)도 아닌, 피부가 하얀 스페인 혈통이었다. 운전자의 옷은 차처럼 밝게 반짝였다. 볼리비아의 또 다른 세계, 돈이 있는 세계에서 온 것이다.

코카렐로들은 차에 기대어 멈추라고 소리치면서 운전자를 돌려보내려고 했다.

"너희를 죽여 버릴 거야! 코카나 씹는 형편없는 놈들. 너희 모두 들이받아 버릴 거야!"

운전자가 소리쳤다.

그 사이, 디에고는 검은 야구 모자를 뒤집어쓴 젊은 코카렐로 남자가 신발에서 작은 칼을 꺼내는 것을 보았다. 그 젊은 남자는 운전자에게 가서 얼굴에 칼을 들이대고 웃었다.

"계속해."

운전자가 비웃었다.

"해 보라고! 넌 배짱도 없어. 빌어먹을 겁쟁이들. 빌어먹을 코카렐로들!"

운전자는 코카렐로라는 자랑스러운 말을 욕으로 바꿔 버렸다.

젊은 남자는 미소를 지으며 칼날에 입을 맞추곤 무릎을 꿇었다. 남자가 무릎을 꿇고 무엇을 하는지는 보이지 않았지만 디에고는 자동차 바퀴에서 공기 빠지는 소리를 들었다.

환호가 들리고 젊은 남자는 자동차 주위를 돌면서 다른 쪽 바퀴도 금세 베어 버렸다. 그래도 운전자는 앞으로 나아가려고 했다. 시위자들은 길을 터 주었고 운전자는 바람 빠진 바퀴로 비틀비틀 다리 위를 굴러갔다. 시위자들은 웃음을 터뜨렸다. 운전자는 결국 다리 중간쯤에서 모터를 끄고 자동차 열쇠를 움켜잡았다.

"누군가 대가를 치를 거야!"

운전자가 차에서 내리며 소리치고는 걸어서 다리를 떠났다.

몇몇 젊은 남자들이 운전자가 남기고 간 멋진 차에 흥분했다. 손으로 차의 매끈한 금속을 쓰다듬고 누가 운전석에 어울리는지 논쟁을 벌였다. 수납함도 열고, 경적도 울렸다. 비싼 차에 가까이 있다 보니 애초에 길을 막은 이유를 잊어버린 듯했다.

"차를 다리에서 끌어내. 여기 있으면 도움은커녕 사람들이 우리를 공격할 핑계만 줄 거야. 우리는 폭력배나 도둑이 아니라 농부야. 그 남자에게 차를 돌려줘."

리카르도 부인과 다른 여자들이 말했다.

약간의 설득 끝에 젊은 남자들이 말을 따랐다. 코카렐로들은 밧줄을 묶고 기어를 중립에 넣은 다음 두 무리로 나뉘어 차를 밀고 당겼다. 디에고도 차를 미는 자리에 서려고 했지만 자리가 없었다. 그래서 반대쪽에 묶은 밧줄을 잡고 당겼다.

차는 조금씩 작은 언덕을 올랐고, 마침내 다리에서 완전히 빠져나갔다. 마치 디에고가 성주간(교회력에서 부활 축일 전의 일주일)에 코차밤바 성당 주위에서 보았던 행렬 같았다. 비록 이번엔 성모상 대신 부유한 남자의 차를 끌었지만.

코카렐로들은 차가 굴러가지 않을 만한 곳까지 차를 밀고 당겼다. 그리고 쓸모없는 타이어를 벗겨 냈다. 타이어는 두 개씩 나눠서 다리 남단과 북단으로 보냈다.

"바위가 필요해요. 저 아래 강 옆에 돌이 많아요."

누군가가 말했다.

다리의 양쪽 옆에는 강으로 이어지는 좁은 길이 있었다. 시위자들은 두 무리로 나뉘어 양쪽에서 바위를 가져오기로 했다.

디에고도 가파른 강둑을 조심스럽게 내려가 일렬로 늘어선 줄에 자리를 잡았다. 강의 양쪽에서 마치 거대한 바위 뱀들처럼 바위들이 손에서 손으로 건네졌다. 디에고는 반대편에 있는 보니타를 보고는 머리가 안된다고 말리기도 전에 손을 흔들었다. 보니타가 같이 손을 흔들어 주자, 디에고는 하마터면 바위를 발에 떨어뜨릴 뻔했다.

디에고는 팔과 어깨가 화끈거릴 때까지 바위들을 들었다. 그다음에는 다리까지 화끈거리도록 계속했다. 나이 든 사람이나 젊은 사람이나 많은 사람이 쉬었지만 디에고는 보니타가 쉬지 않는 것을 보고 쉬지 않았다.

마침내 바위가 충분하다는 외침이 들려왔다. 디에고는 언덕을 오르기가 힘들어서 다른 사람이 손을 잡아 주어야 했다. 보니타가 그런 자신을 보지 못하기를 바랐다.

"이제 무슨 일이 벌어질까요?"

디에고가 누군가에게 물었다.

"기다려야지. 정부는 봉쇄된 고속 도로를 영원히 내버려 둘 수는 없어. 산타크루스(볼리비아의 동부, 아마존 강 유역에 있는 도시)로 가는 다른 길이 없으니까. 결국 우리의 요구를 들어줘야 할 거야."

다리에 올라오자 사람들이 여러 무리로 갈라져 있었다.

"위원회들을 만들었어. 위원회가 뭔지 아니?"

리카르도 씨가 디에고에게 물었다.

"네. 엄마는 감옥에서 세 개의 위원회에 속해 있어요. 엄마가 그랬어요. 어떤 일이 이루어지게 하는 것은 위원회고, 교도관들이 하는 일은 사람들을 가둬 두는 것뿐이라고요."

디에고가 대답했다.

"그래, 우리도 위원회에서 일이 이루어지게 하는 거야. 음식, 경비, 쉼터 같은 것이 필요해서 그런 일을 맡을 위원회를 만들었어. 그렇지 않으면 무슨 일을 해야 할지 혼란스러울 거야. 모든 일에 모두가 덤벼들 테니까."

리카르도 씨가 말했다.

디에고는 위원회에 들어갈 만큼 성숙해 있었다. 디에고는 다리 난간에 기대어 리카르도 씨가 위원회에 대해 설명하는 것을 들었다.

"저쪽에 표지판을 그리는 위원회가 있어. 그들은 표지판과 현수막에 어떤 말을 넣을지 결정한 다음, 종이와 판자에 적어 넣을 거야."

"페인트를 어디서 구하죠?"

디에고가 물었다.

"그리고 말이야, 우리 모두를 위해 음식을 계획하고 준비하는 음식 위원회도 있어. 보안 위원회는 보초 설 사람들을 모집할 거고 홍보 위원회는 언론에 배포할 메시지 초안을 잡을 거야. 글을 몰라도 상관없어. 그냥 생각을 말하면 누군가 적을 테니까."

리카르도 씨가 말했다.

왠지 홍보 위원회는 시끌시끌할 것 같았다.

"건설 위원회는 화장실을 지을 거야. 교육 위원회, 탁아 위원회, 의료 위원회도 있어. 이건 시작일 뿐이야. 일은 더 골고루 나뉘어서 너무 많이 일하는 사람 없이 모두가 제 역할이 있다고 느끼게 될 거야."

리카르도 씨가 활짝 웃었다.

디에고는 다리 위에서 이야기를 나누는 농부 가족들을 보았다.

"페인트를 어디서 구하죠?"

디에고가 다시 물었다.

"그건 심부름 위원회의 일이야. 우리가 필요한 것들을 찾고 다른 위원회들의 심부름을 해 주지."

리카르도 씨가 대답했다.

"내 자리 같네요. 하나 이상의 위원회에 들어갈 수도 있지요?"

디에고가 말했다.

"그럼, 네가 열심히만 한다면. 사람들은 너를 믿을 거야. 그러니까 네 능력에 벗어나는 많은 일은 맡지 마. 어떤 위원회에 관심이 있는 거지?"

"보안 위원회요. 보초요. 경비를 서는 것과 조금 비슷하지 않나요?"

디에고가 말했다.

"경비를 서는 것과 아주 많이 비슷하지."

리카르도 씨가 다시 미소 지었다.

"교도관 디에고."

디에고와 리카르도 씨는 함께 웃고 나서 각자의 일로 돌아갔다.

심부름 위원회

디에고가 일하는 동안 다리는 마을처럼 변했다. 아무도 명령하지 않았고, 감시나 지시를 하지 않았다. 다른 사람을 부려 먹지도 않았다. 코카렐로들은 무엇을 어떻게 할지 스스로 결정했다.

"바리케이드마다 불침번을 세우고 두 시간마다 교대해야 합니다. 그러려면 자원자들을 충분히 확보해야 합니다."

디에고는 한밤중에 보초를 서겠다고 나섰다. 아직 어려서 안 된다고 아무도 말하지 않았다.

"다리의 양쪽 끝에는 항상 두세 사람이 보초를 설 겁니다. 보는 눈이 많아야 우리 모두가 더 안전해질 테니까요."

보안 위원회에 속한 리카르도 씨가 말했다. 리카르도 씨와 다른 위원들은 아주 효율적이어서 긴 토론 없이 바로 문제의 핵심으로 들어갔다. 하지만 심부름 위원회의 사정은 달랐다.

"뭘 그렇게 뚫어지게 쳐다봐?"

디에고가 심부름 위원회의 첫 번째 모임에 가자 보니타가 말했다.

"여기가 심부름 위원회야?"

디에고는 아니라는 대답이 나오기를 바랐다. 보니타를 제외한 두 명의 위원은 멋진 자동차에 흥분했던 젊은 남자들이었다. 그 중 한 명은 검은 야구 모자를 쓰고 칼을 들었던 젊은 남자였다. 디에고는 두 남자를 보면서 아빠의 감옥에 있던 사람들을 떠올렸다. 개념보다는 자신감이 넘치고 항상 자신의 남자다움을 증명하고 싶어 한 젊은 남자들을.

"다리오와 레온이야."

보니타가 말했다. 디에고만큼이나 충격을 받은 목소리였다.

다리오와 레온은 동료 위원이 아이들인 것을 보고 자신들이 모욕당한 것인지, 아니면 자신들에게 어른으로 행동할 기회가 주어져 흥분해야 하는지 헷갈려 했다. 두 사람이 고민하는 모습은 웃겼다. 디에고는 보니타와 눈이 마주치자, 보니타도 같은 생각임을 알아차렸다.

"우리 모두에게 첫 번째로 필요한 것은 전쟁터에서 부를 이름이야."

다리오가 말했다. 다리오는 야구 모자를 쓴 남자였다.

디에고는 입술을 깨물고 웃음을 참았지만 보니타는 용감하게 물었다.

"왜요?"

"그래야 서로를 부르지."

"그냥 진짜 이름을 쓰면 되잖아요?"

"넌 너무 어려서 모르는구나. 나를 믿어 봐. 나는 늑대라고 할 거야."

다리오가 보니타에게 말했다.

"내가 늑대인데. 내가 늑대로 하려 했잖아. 넌 작살이라는 이름을 원했고."

레온이 말했다.

"난 늑대야. 그리고 레온 네가 작살이고."

다리오가 크게 선언했다.

"다리오, 네 이름이 더 좋잖아. 작살은 누군가 던질 사람이 필요해. 늑대는 혼자서 행동하는데."

작살이 투덜거렸다.

"늑대도 무리 지어서 사냥해요."

디에고의 말에 다리오는 풀이 죽었다가 몸을 똑바로 폈다. 그리고 디에고의 얼굴에 손가락을 대고 말했다.

"상관없어. 난 외톨이 늑대이니까."

디에고는 그냥 넘어가기로 했다.

"그리고 너. 넌 벌레만큼 귀엽네. 벌레라고 부를게."

다리오가 디에고를 가리키며 말했다.

디에고는 상관하지 않았다. 정말 상관없었다. 벌레는 작지만 많은 피해를 입힐 수 있었다. 말라리아를 옮기는 모기나 샤가스병을 퍼뜨리는 벌레처럼.

"이제 네 이름을 정해야지."

다리오가 보니타에게 말했다.

보니타의 강철 같은 눈이 다리오를 노려보느라 반쯤 감겼다.

"내 이름은 보니타예요."

보니타가 말했다.

늑대와 작살은 현명하게도 그 정도로 끝냈다.

"리스트가 있어요?"

보니타가 물었다.

레온과 다리오는 멍하니 보니타를 보았다.

"우리가 무엇이 필요한지 적어 두는 거요."

보니타가 말했다.

"여기 있지."

레온이 이마를 두드리며 말했다.

"더 안전한 곳에 두어야겠는데요. 당신에게 무슨 일이 일어날 수도 있잖아요."

보니타는 일어나서 다리 난간으로 걸어갔다. 그곳에는 리카르도 가족의 물건들이 쌓여 있었다. 보니타는 펜과 공책을 가지고 돌아왔다.

"리스트는 내가 관리할게요."

보니타가 말했다.

"표지판을 그릴 붓과 페인트가 필요해요. 표지판을 만들 판지도요."

디에고가 말하자 보니타가 적었다.

"랜턴도요."

보니타가 적으면서 말했다.

"반다나(목이나 머리에 두르는 큰 손수건)를 만들 천이랑 식초도."

다리오도 끼어들어 말했다.

보니타가 적는 것을 멈췄다.

"어디에 필요한데요?"

"거봐. 네가 모르는 것도 있지? 일단 적어."

"이런 것들을 어디서 구하죠?"

디에고가 물었다.

"쓰레기 더미를 뒤진다, 물어본다, 가져온다."

"훔친다는 뜻이네요. 모두가 그러자고 할지 모르겠어요."

보니타가 길에 펜을 내려놓았다.

"음, 그래, 우리는 훔치지 않아. 하지만……."

레온이 무슨 말을 하려고 했는지 디에고는 듣지 못했다. 누군가 소리쳤기 때문이다.

"심부름꾼!"

"네가 가봐."

다리오가 명령했다.

디에고는 움직이게 되어 기뻤다. 순간, 자신이 이런 회의를 좋아하지 않는다는 것을 깨달았다. 하지만 다른 사람들은 회의를 좋아하는 것 같았다. 디에고가 심부름을 하기 위해 이 위원회에서 저 위원회로 달리며 본 사람들은 대화와 논쟁을 즐기는 듯했다.

"제가 메시지를 전해도 상관은 없어요. 하지만 표지판 위원회가 스스로 전해도 되잖아요?"

디에고가 표지판 위원회에서 홍보 위원회로 구호안을 전하러 가던 길에 리카르도 씨에게 말했다.

"이건 훈련이야."

리카르도 씨가 말했다. 리카르도 씨는 사람들과 화장실을 만들러 숲으로 가는 중이었다.

"직접 전하는 것이 불가능할 때, 우리 모두가 우리 자리에 머물러야 할 때를 대비해서 연습하는 거야. 위원회들은 이런 식으로 서로 대화하는 것을 연습하고 넌 메시지 전하는 것을 연습하고."

디에고는 완전히 이해하지는 못했지만 조금은 이해할 것 같기도 했다.

"동시에 사람들의 이름과 얼굴도 알게 되고, 어떤 일을 맡았는지도 알게 되지. 심부름꾼인 너는 우리보다 이곳의 전체 그림을 더 잘 알게 되는 거야. 아주 영향력 있는 일이지."

리카르도 씨가 말을 덧붙였다.

디에고는 그 말이 마음에 들었다.

"그러면 다시 일을 해야겠네요."

그날 늦게 디에고, 다리오, 레온은 다른 위원회 사람들과 함께 북쪽의 마을로 갔다. 보니타는 다리에 남아 메시지를 전하기로 했다. 사람들은 지름길인 정글을 통과했기 때문에 언덕을 오르거나 협곡을 에두르지 않아도 되었다.

"산길을 없애야겠어. 아니면 숨기기라도 해야지. 낯선 사람이나 군인이 여기를 통해 기습할 수도 있잖아."

누군가 말했다.

디에고는 협곡 건너편을 바라보았다. 다리가 보였다.

"다리 옆에 망보는 곳을 세워서 산길을 감시하면 어때요? 낮에는 효과가 있을 거예요."

"좋은 생각이야. 다리로 돌아가면 보안 위원회에 말하자."

누군가 말했다.

"위장은 어때? 군대에서는 정글과 어우러지는 법, 꼼짝 않고 누워서 바위처럼 보이는 법을 가르치잖아. 그러다가 적이 완전히 긴장을 풀고 의심하지 않을 때, 펑!"

다리오가 '펑' 소리를 내면서 디에고의 정수리를 때렸다. 디에고는 입을 다물었다. 다리오 같은 남자들이라면 모두 알았다. 그들이 같은 부류일지 몰랐지만 그렇다고 완전히 똑같다는 의미도 아니였다.

길은 고속 도로 옆쪽과 이어졌다. 자동차와 트럭이 버려지고 모터가 꺼진 채 길에 늘어서 있었다.

"모두 술집에 있어."

레온이 말했다.

교회, 학교, 상점, 음식점이 있는 작은 마을은 장날이 아닌데도 사람이 가득해 보였다. 사람들은 별일을 하지 않았다. 그저 앉아 있거나 천천히 걸어 다니거나 시계를 들여다보았다. 공간이 있는 곳에는 더 많은 차들이 주차되어 있었다.

"고속 도로가 뚫리기를 기다리고 있어요."

디에고가 깨닫고 말했다. 문이 열린 버스를 보자, 버스 안에는 몇몇 사람들이 창에 얼굴이 눌린 채 자고 있었다. 목재와 가축이 가득한 트럭들도 보였다.

"저 소들에게 먹이를 먹였을까요? 물을 먹였을까요?"

디에고가 물었다.

"무슨 상관이야? 너는 이렇게 물어야지. '우리는 밥을 먹게 될까요? 물을 먹게 될까요?'"

다리오가 말했다.

"치차(옥수수나 고구마로 만든 술)를 먹게 될까요?"

레온이 물었다. 레온와 다리오가 선술집으로 향하자, 일행 중 두 사람의 친구들이 막아 섰다.

"시위자들이라는 것을 사람들에게 알리고 싶어? 필요한 것을 가지고 어서 가자."

모두는 집에서 집으로, 상점에서 상점으로 돌아다녔다. 가능하면 뒷골목에서는 벗어나지 않았다. 고속 도로가 뚫리기를 기다리는 사람들은 치차와 태양에 취해 있었지만 언제 분노가 솟아오를지 몰랐다.

코카렐로들은 마을에 친구들이 있었다. 돈이 있으면 거기서 썼다. 어떤 면에서 마을 사람들도 코카렐로들만큼 코카에 의존적이었다. 코카렐로들에게 돈이 없으면 가게에도 손님이 없을 것이다.

시위자들은 고속 도로 폐쇄로 마을에 갇힌 사람들의 의심을 사고 싶지 않아서 조용히 부탁했다. 마을 사람들은 그들이 할 수 있는 것으로 도와주었다. 현수막으로 쓰일 낡은 침대 시트, 페인트가 조금 남은 깡통, 반다나를 만들 얼룩진 테이블보, 물을 담을 플라스틱 양동이. 디에고의 팔에 짐이 늘어났다.

'우리를 금세 알아볼 거야. 물건을 나르는 사람은 우리뿐이잖아. 다른 사람들은 모두 낮잠을 자거나 초조하게 서성이는데.'

디에고는 생각했다.

"초! 누군가 신부님께 초를 얻어 와야 해."

교회 뒤에 서 있는데 누군가 말했다.

"벌레를 보내. 천사처럼 보이잖아. 실수하지 마, 벌레."

다리오가 말했다.

"나를 두고 가지 마요. 혼자서는 왔던 길을 못 찾을지 몰라요."

디에고가 들고 있던 물건을 다른 사람에게 건네며 말했다.

"움직여, 그만 떠들고."

다리오가 말했다.

디에고는 돌로 지은 오래된 성당으로 가서 무거운 나무 문을 열고 들어갔다. 스테인드글라스를 비스듬히 통과한 햇빛이 희미했다. 공기는 시원하고 향과 초 냄새가 났다. 디에고는 천천히 통로를 걸으면서 신부가 어디 있는지 두리번거렸다. 작은 성당의 아늑함이 좋았다. 가끔씩 나이 든 재소자들 대신 초를 켜 주기 위해 가던 코차밤바의 성당은 장엄하고 화려했다. 그곳에 오는 신은 머릿속에 중요한 것들이 너무 많아서 평범한 사람들의 기도를 들어주지 못할 것 같았지만, 이 소박한 성당에서는 기도에 귀를 기울여 줄 것 같았다.

재단 옆의 문이 열렸다.

"무슨 일이지?"

신부가 나타나 디에고에게 걸어왔다. 케추아족이나 아이마라족이 아니라 스페인계의 나이 든 남자였다. 부드럽게 비치는 촛불에 신부의 민머리가 반짝였다.

"교리 문답 수업은 내일인데. 그리고 어떻게 감히 그런 모습으로 내 성당에 들어왔지?"

디에고는 자신이 지저분하다는 것을 알았다. 흙 속에 던져지고, 코카밭에서 일하고, 계속 바빴던 탓이다.

"저는 코키렐로들과 함께 고속 도로를 막고 있습니다, 신부님. 초를 얻으러 왔습니다."

디에고가 말했다.

신부가 빠르고 화난 걸음으로 거리를 좁혀 왔다.

"너의 성스럽지 않은 일을 밝히기 위해 나의 성스러운 초를 원한다고?"

"성스럽지 않다고요? 사람들은 그저 자신들의 코카를 돌려받고 싶어 해요. 자신들의 집에 양철 지붕을 올리고 싶어 할 뿐이라고요."

디에고는 이해할 수 없었다. 신이 이곳에서조차 기도에 귀를 기울여 줄지 의심스러웠다.

"너희는 법을 어기고 있고 난 거기 끼고 싶지 않아. 너희 모두 체포될 거야!"

신부가 몸을 숙이고 침을 튀기며 말했다.

디에고 근처에는 예수가 로마 군인들에게 끌려가는 그림인 〈십자가의 길〉이 있었다.

"예수님도 체포당했어요."

"나가! 내 성당에서 나가!"

신부가 소리쳤다.

디에고가 성당에서 나와 빈손으로 돌아왔지만 다른 사람들은 이미 가버린 뒤였다.

"이제 어떡하지?"

디에고가 크게 말했다.

그러자 성당 뒤쪽의 작은 문이 열리고 수녀가 두 손 가득 초를 들고 달려 나왔다.

"네 친구들은 달아났어. 고속 도로가 뚫리기를 기다리는 사람들과 싸움이 벌어졌을지도 몰라. 하지만 걱정하지 마. 다시 친구들을 따라잡을 수 있을 거야."

수녀가 초를 건네며 길의 입구를 알려 주었다.

"신이 축복하시길."

수녀는 장난스럽게 웃으면서 말을 덧붙이고는 성당으로 달려 들어갔다.

당황스럽고 조금 무서웠던 디에고는 다시 기분이 좋아졌다. 디에고는 수녀가 가르쳐 준 방향으로 향했다. 길에는 긴 머리의 젊은 미국인 두 명이 거대한 배낭을 베고 땅에 누워 있었다.

"이봐, 꼬마 형제!"

디에고가 바쁘게 지나가는데 미국인들이 외쳤다.

"뭘 그렇게 서둘러? 하루를 즐겨!"

미국인들이 웃었다.

'나는 하루를 즐기고 있어요.'

길을 찾은 디에고는 초를 내려놓고 나뭇가시들을 끌어다가 길을 숨겼다. 그리고 다시 초를 들고 다리로 향했다.

에밀리오

고속 도로를 막은 지 이틀째 되던 밤, 디에고는 다리 남단에서 처음으로 보초를 섰다. 다리 남단은 도시와 가장 멀리 떨어져 조용했다. 자동차들도 줄 서 있지 않았다. 더 남쪽으로 거의 20킬로미터에 이르는 곳에 또 다른 장애물이 자동차들을 막고 있었기 때문이었다.

사방으로 무성한 나무들이 그림자와 속삭임을 더하는 가운데 디에고 앞으로 검은 볼리비아의 밤이 펼쳐졌다. 다리 위의 공동체는 밤이면 고요했다. 서로 속삭이는 소리와 코를 훌쩍이는 소리, 코 고는 소리와 기침 소리. 인기척 또한 고요했다. 아이들의 구역은 남단에 자리 잡고 있었고, 방수포 아래에서 엄마와 아이들이 잠을 자며 꿈을 꾸었다.

그날은 고요한 하루였다. 이제 북쪽의 장애물은 아주 튼튼해서 차가 지나갈 방법이 없었다. 그런 장애물을 두어 번 여행자들이 걸어서 넘으려고 했다. 두 명의 도보 여행자가 자신들은 열대우림을 연구 중이고 이를 증명할 서류가 있다면서 길을 내어 달라고 정중하게 부탁했다. 그러자 교육 위원회가 볼리비아의 생태계에 대해 강연해 달라면서 여행자들을 붙잡았다. 디에고는 강연을 거의 듣지 않았다. 여행자들은 억지로 들어야 하는 사람들에게 강의하는 것에 익숙한 듯했다.

'여행자들이 강연을 멈추도록 길을 내준 것은 아닐까?'

디에고는 생각했다.

또 한번은 스페인에서 왔다는 자전거 선수들이 시위에 참가하고 싶다면서 자전거를 끌고 다리로 올라왔다. 하지만 선수들은 다리를 반쯤 건너자 자전거를 타고 달아나려고 했다. 사람들은 즉시 선수들을 돌려세웠다. 다리오와 레온은 자전거를 장애물로 쓰고 싶어 했지만 리카르도 부인이 "우리가 그러려고 여기 있는 것이 아니야."라며 반대했다. 결국 자전거 선수들은 도시로 되돌아갔다.

지금은 두 명의 여행자들이 시위대와 함께 다리에 머물렀다. 디에고가 마을에서 돌아오는 길에 지나쳤던 미국인들이었다. 마치 더 부유하고 더 하얀 다리오와 레온 같았다. 물론 미국인들의 산발한 머리카락과 지저분한 수염은 다리오나 레온과 달랐지만, 미국인들은 멈춰 버린 버스의 승객이었는데 마을에서 빈둥대며 길이 회복되기를 기다리느니 시위에 참가하기로 했다. 미국인들의 거대한 배낭, 고무 매트, 침낭은 자리를 많이 차지했다. 미국인들이 태우는 향에서는 딸기 타는 냄새가 났고, 틴 플루트(틴 휘슬이라고도 한다. 아일랜드의 전통 관악기로, 호루라기의 원리를 이용해서 소리를 낸다)로 연주하는 선율은 삑삑거리고 형편없었다. 또, 소설을 읽거나 영어로 농담도 주고받았지만 일은 전혀 하지 않았다.

디에고는 미국인들과 조금 떨어진 낡은 나무 상자에 앉아 보초를 섰다. 미국인들은 수녀가 준 초에 불을 켜고 카드놀이를 했다. 미국인들이 함께하자고 권했지만, 디에고는 어둠을 지켜보고 싶었다.

'나는 모두를 지키고 있어.'

디에고는 그렇게 생각하자 즐거웠다. 자신의 일을 하는 것은 기분 좋은 일이었다. 뒤쪽에서 사람들이 내는 소음에 귀를 기울이면서 앞쪽의 어둠을 주시했다.

그런데 갑자기 뒤에서 두 개의 손이 디에고의 눈을 찰싹 가렸다. 디에고는 몸을 비틀면서 벌떡 일어났다. 두려움에 몸이 뜨거워졌다가 차가워졌다. 너무 무서워서 비명도 지르지 못했다. 악몽 속 괴물이 자기를 잡으려고 모래 수렁에서 기어 나온 것이라고 확신했다.

"워!"

눈을 가린 손이 떨어지면서 젊은 남자의 목소리가 들렸다. 디에고가 돌아보자, 다리오가 겁먹은 디에고를 보며 웃고 있었다. 카드놀이를 하던 사람들도 디에고를 보며 웃었다.

"유령이라도 나온 줄 알았냐? 우우!"

다리오는 좀비처럼 팔을 올리고 보기 싫은 표정을 지었다.

"조용히 해. 아이들이 자고 있어."

방수포 아래에서 여자의 목소리가 나지막하게 들려왔다.

디에고는 울지 않기 위해 손톱으로 손바닥을 찌르고 정신을 차렸다.

"나도 장난이에요."

디에고가 말했다.

"그렇겠지. 아무 일도 없어?"

다리오가 상자에 앉았다.

"조용해요."

디에고는 다리오가 가기를 바랐다. 상자에 다시 앉고 싶었고, 한심한 대화보다는 조용한 밤이 좋았다. 하지만 디에고는 다리오에게 가라고 말할 수 없었다. 시위에 참여하려면 사람들과 잘 지내야 했다. 싸움을 하기에는 다리가 넓지 않았다.

"바르가스 씨가 너를 보고 싶어 해. 보초는 내가 설게."

다리오가 말했다.

바르가스 씨는 일몰 직전에 다리에 도착해서 거창한 연설을 했던, 이번 시위를 주도한 코카 재배자 협회의 대변인이었다.

디에고 자신이 진짜 코카렐로가 아니라 집을 나온 재소자의 아들이라는 것을 바르가스 씨가 알았다면? 여기서 쫓겨나는 것일까? 그러면 어디로 가게 될까?

"바르가스 씨가 왜 저를 찾죠?"

디에고가 초조하게 물었다.

"내가 백과사전이야?"

다리오가 물었다.

디에고는 절대 그렇지 않다고 생각했다. 비록 그런 생각을 말로 하지는 않았지만.

"움직여, 벌레."

디에고는 매트와 담요 위에 누운 코카렐로들을 조심스럽게 피해 다리를 건넜다. 사람들은 작게 무리지어 앉아 이야기를 나누고, 엄마들은 아기를 달래 재우고, 오래된 커플들은 손을 잡고 속삭였다. 저녁 식사를 요리했던 휴대용 그릴은 목탄이 식으면서 연기를 뿜었다.

'부모님도 이곳을 좋아하셨을 텐데.'

디에고는 시위에 참가한 이후 거의 한 시간마다 이렇게 생각했다.

"바르가스 씨를 봤어요?"

디에고가 다리 난간에 기댄 남자에게 물었다. 아주 작은 기타를 조용히 연주하는 남자였다.

남자는 턱을 들어 다리 북단을 가리키더니 계속 기타를 쳤다. 선율은 너무나도 밝고 우아해서 마치 강에서 들려오는 소리 같았다.

디에고는 어른들이 무리를 이루고 서서 이야기를 나누는 것을 보았다. 얼굴은 잘 보이지 않았지만 바르가스 씨의 카우보이모자는 알아보았다. 바르가스 씨는 라파스(볼리비아의 정치, 문화, 경제의 중심을 이루는 행정 수도)에서 어느 여행자에게 그 모자를 얻었다고 했다. 여행자의 짐에 모자가 들어가지 않는 바람에 바르가스 씨에게 주었다는 것이다. 그러면서 바르가스 씨는 이렇게 연설을 이어갔다.

"머지않아 볼리비아는 외국인들의 원조가 필요하지 않을 겁니다. 그 사실을 잊지 않기 위해 이 모자를 썼습니다. 우리는 자원이 풍부합니다. 언젠가 볼리비아 자원은 볼리비아 사람들을 위해 쓰일 겁니다. 싸구려 장신구나 존 웨인 모자(1970년대에 존 웨인이라는 미국 영화배우가 쓰던 카우보이모자)를 받고 부유한 나라에 자원을 넘기지 않는다는 거죠."

모든 사람이 이 대목에서 웃었다. 특히 바르가스 씨가 모자를 들어 허공에 흔들었을 때.

어떤 어른들은 아이들이 방해하는 것을 싫어한다. 아이들에게 중요한 일이 있을 때조차도 말이다. 디에고도 그런 사실을 알았지만 할 일이 있었으므로 어른들에게 곧장 걸어갔다.

"바르가스 씨? 저를 찾으셨다면서요?"

어른들이 웃었다. 심지어 바르가스 씨도. 하지만 기분 좋은 웃음이었다.

"당신 덕분에 저 애의 머리가 굵어지겠군요. 그러면 저 애도 모자가 작아져서 머리가 굵은, 다른 미국인 여행자를 찾아야겠군요."

어른들 중 한 명이 말했다.

어른들은 다시 웃었다. 하지만 조용히 웃었기 때문에 다른 사람들을 방해하지 않았다.

"디에고, 네가 기특한 일을 하고 있다지. 네가 우리와 함께해 줘서 기쁘다."

바르가스가 디에고의 어깨에 손을 올리고 말했다.

"이 애가 바로 볼리비아의 미래입니다. 덕분에 아주 마음이 놓입니다."

디에고의 가슴이 자부심으로 부풀었다. 하늘을 날 수 있고, 자신의 앞을 막는 무엇이든 무찌를 수 있을 것만 같았다.

“디에고, 네게 맡길 다른 임무가 있어. 네가 지금 하고 있는 일과 함께 이 일도 맡아 주겠니?”

“물론이죠, 바르가스 씨. 무엇이든요.”

“그냥 바르가스 아저씨라고 불러 다오. 네가 내 아들을 돌봐 주었으면 좋겠다. 나는 아침에 이 지역 다른 시위대에게 가 봐야 해. 친구가 있으면 여기 남겨 둬도 마음이 놓일 것 같구나.”

디에고는 남몰래 살짝 신음 소리를 냈다. 존경받는 사람의 아들은 얼간이일 것이다. 디에고가 함께 어울리기보다는 다리에서 던져 버리고 싶은 얼간이 말이다.

“내 아들은 아프단다. 튼튼하지 않아서 나와 함께 돌아다니기보다는 여기 있는 것이 나을 거야. 그 애 엄마는 죽었어.”

바르가스 씨가 덧붙였다.

“우리 둘뿐이야.”

“저와 있으면 안전할 거예요.”

디에고는 거절할 수 없었다. 바르가스의 아들이 많이 아프지 않기를 바랐고, 어쨌든 어린아이들을 돌보는 데는 익숙했다.

“고맙다, 디에고. 너에게 부탁하면 된다는 것을 알았어. 그 애 이름은 에밀리오고, 다리 어딘가에 있을 거야.”

바르가스 씨는 무척 고마워하며 디에고와 악수를 나눴다. 그러고 나서 다시 어른들의 대화로 돌아갔다.

다리 어딘가에. 디에고는 부모들이 어린아이들을 재우는 취침용 방수포 아래에 에밀리오가 있을 거라고 생각했다. 방수포 아래는 소란스런 사건도 많고 함께 어울릴 사람도 많았다. 어린아이들은 뭔가가 눈앞에서 사라지면 잠을 자지 않으려고 했다.

"여기 에밀리오가 있나요?"

디에고는 방수포 아래 앉아 있는 어느 엄마에게 몸을 숙여 속삭였다. 여자는 자신의 아기를 보살피면서 고개를 흔들었다.

다른 방수포에 가서도 물어보았지만 결과는 같았다. 디에고는 에밀리오가 어딘가에 누워 있을 거라 생각하고 다리를 오르락내리락했다.

"길을 잃었나 보네."

디에고 또래의 소년이 말했다. 소년은 옆쪽이 뚫린 낡은 깡통에 촛불을 꽂아둔 채 체스판 위로 몸을 숙이고 있었다.

"다리 한가운데서 길을 잃으려면 특별한 재주가 필요하지."

"에밀리오라는 어린아이를 알아? 내가 걔를 돌봐야 하거든. 바르가스 아저씨가 직접 맡긴 일이야."

디에고의 목소리가 의기양양했다.

"체스할 줄 알아?"

소년이 물었다.

"그럼."

"체스를 좀 둔다면 에밀리오가 어디 있는지 말해 줄게."

"내가 이기면 어떡할래?"

"졸리게 두지만 마."

소년은 미소를 지으며 말했다.

남자 감옥에는 체스를 잘 두는 사람들이 있어서 디에고는 몇 가지 기술을 배웠다. 디에고와 소년은 비슷한 실력으로 재빨리 체스를 뒀다. 게임이 진행되는 동안 둘의 움직임은 빨라졌고, 경기 속도가 빨라지자 소년은 활짝 웃었다. 둘은 체스로 춤을 추는 듯했다. 곧 시위자들이 작은 촛불을 에워싸고 두 소년의 경기를 지켜보았다.

경기는 무승부로 끝났다.

"에밀리오, 넌 네 아빠처럼 체스를 두네."

누군가 에밀리오의 어깨를 두드리며 말했다. 모였던 사람들이 흩어지고 두 소년만 남았다.

"네 아빠가 바르가스 아저씨구나. 왜 말하지 않았어?"

디에고가 체스판 너머로 소년을 보며 말했다.

"그러면 네 체스 실력이 나아졌을까?"

에밀리오가 웃으며 말했다.

"너는 체스를 잘 둬. 아빠가 가르쳐 줬어?"

디에고가 인정했다.

"엄마가. 엄마가 아빠와 나를 가르쳤어."

"엄마가 돌아가셨다니 유감이야."

디에고는 말했다. 그러고는 방금 인사를 나눈 사람에게 하기에는 아주 한심한 말이었다는 생각을 했다.

"우리 엄마랑 아빠는 감옥에 있어. 나는 아빠한테 체스를 배웠어."

디에고가 재빨리 덧붙였다.

"그러면 우리는 같은 배에 타고 있는 거네. 난 네가 나를 찾은 이유를 알아. 아빠는 내가 많이 아프다고 걱정하지만 사실 나는 보기보다 강해. 네가 다른 친구가 생긴다면 함께 있고 싶……."

"나는 친구가 있었어. 이름은 만도였어. 만도는 죽었지."

디에고가 말했다.

"음, 우리 아빠가 어떻게 생각하든 나는 금세 죽지 않을 거야. 체스나 한 판 더 할까?"

디에고와 에밀리오는 체스판을 다시 정리하고 잠자리에 들기 전에 두 게임을 더 했다. 더 느리고 편하게. 그러고는 딱딱한 보도에 담요를 깔고 사람들 틈에 끼어 누웠다. 에밀리오는 주머니에서 흡입기를 꺼내 옆에 내려놓았다.

"우리 엄마 감옥에도 그걸 쓰는 여자아이가 있었어. 그 아이는 천식이 있었지."

디에고가 말했다.

"이게 숨 쉬는 데 도움을 줘. 하지만 그렇게 필요하지는 않아."

"아빠가 걱정하지 않게 하려는 거지?"

에밀리오는 고개를 끄덕이고 눈을 감았다.

디에고는 정글의 코카 구덩이 옆 빈터에서 만도와 함께 잤던 일이 떠올랐다. 친구가 그리웠다. 한참 만에야 잠이 들었다.

세 사람

사람들은 낮에 숲의 오솔길로 집에 드나들면서 집안일을 보살피고 시위에 필요한 물건들을 가져왔다. 오래지 않아 시위대는 더욱 조직화되었다.

"여러분, 집에 들르기 전에 심부름 위원회에 가서 필요한 물건이 무엇인지 확인하세요. 각자가 가진 것을 기부해서 모두와 나눠야죠."

바르가스 씨가 또 다른 시위대를 찾아가기 전에 아침 회의에서 말했다.

다리오와 레온은 물건을 슬쩍 훔치는 데 능숙했다. 특히 낡은 타이어들은 다리의 양쪽 끝에 쌓아 둘 만큼 훔쳤다. 디에고는 왜인지 이유를 추측할 수 없었다. 이번에도 다리오와 레온은 낡고 망가진 보트를 사람들과 함께 둑 위로 끌어 올려서 다리 북단의 장애물을 강화했다. 보트를 조금 받쳐서 세워 두자 쉼터가 되었다. 표지판 위원회는 그 위에 구호를 써 넣었다.

'연대!'

'사람들에게 힘을!'

다리오와 레온은 그런 큰일은 해냈지만, 다리에서의 생활을 가능하게 하는 작고 일상적인 것들을 구하는 데는 능숙하지 못했다. 보니타는 그런 일을 기꺼이 넘겨받아 리스트 관리를 자신의 일로 여겼다. 뭔가를 책임지는 일은 보니타에게 잘 맞았다. 사람들은 필요한 것이 있을 때나 뭔가를 찾아냈을 때 어김없이 보니타에게 왔다. 그러면 보니타는 리스트에서 해당되는 물건을 지우고, 물건이 필요한 곳으로 가는지 확인했다.

"난 너무 바빠요."

리카르도 부인이 근처 농장들에 들러 동물들을 보살피고 오라고 하자 보니타가 말했다. 다른 사람이 자기 일에 손대는 것을 원하지 않는 거라고 디에고는 생각했다. 잠시 동안이라도, 엄마라도 말이다. 하지만 리카르도 부인이 고집을 부렸다.

"너도 다리를 좀 뻗어야지. 기회가 있을 때마다 쉬어야 해. 어서 가."

보니타는 고집이 셌지만 엄마인 리카르도 부인은 더 고집이 셌다. 결국 디에고, 보니타, 에밀리오는 가축을 돌보는 특별한 임무를 맡았다.

세 사람 가운데 보니타만 이곳 출신이었다. 보니타는 자신만 모든 것을 안다는 사실에 기분이 좋아졌다. 특히 보니타는 에밀리오가 어린 시절 이후 농장에서 살지 않았다는 사실을 알고 나서는 훨씬 기운이 났다.

"나랑 아빠는 코차밤바에 살아. 엄마가 돌아가시고 이사했어. 하숙집 한 방에서 살지. 우리 아빠는 협회 사무실에서 일하고."

에밀리오가 말했다.

디에고는 에밀리오와 좀 더 이야기하고 싶었지만, 보니타가 모르는 이야기를 하면 기분 나빠 할 것을 본능적으로 알았다. 하루를 망치고 싶지는 않았다.

오솔길들이 미로처럼 교차했다. 보니타는 그 모든 길을 알았다. 디에고와 에밀리오는 보니타를 따라가기 위해 빨리 움직여야 했다. 에밀리오가 힘들게 숨을 몰아쉬면서 걸음을 멈췄다.

"왜 그렇게 서둘러?"

디에고가 보니타에게 소리쳤다.

"내가 못 따라갈 줄 알고? 내가 너보다 빨라."

에밀리오는 흡입기로 숨을 쉬다가 디에고를 밀치고 보니타를 쫓았다.

세 사람은 들러야 할 농장들과 해야 할 일들을 적어 왔다. 사방에서 벌레를 잡아 닭들을 먹이고, 물동이도 수없이 날랐다. 농장들은 거의 똑같았다. 어떤 농장은 다른 농장들보다 덜 가난했지만 별 차이는 나지 않았다. 손질이 잘 되어 있든, 안 되어 있든 진흙과 돌로 지은 작은 집, 닭 몇 마리, 채소밭, 잘려 나간 코카나무가 있었다.

"이 농장의 아이들은 1년 동안 신발 없이 살았어. 맨발로 학교에 가고 항상 병에 걸려. 연필 같은 것도 없어. 비누도, 갈아입을 옷도 없어서 냄새를 풍기며 교실에 앉아 있지. 하지만 코카로 돈을 벌면 엄청나게 달라질 거야."

세 번째 농장에 도착했을 때 보니타가 말했다.

세 사람은 감자밭에서 잡초를 조금 뽑았다. 하지만 무슨 일을 해도 농장은 더 나아 보이지 않았다.

리카르도 농장은 리스트의 가장 마지막에 있었다. 헬리콥터가 들이닥쳤던 날 이후 처음으로 농장을 보는 것이었다. 코카나무들이 없으니 농장은 텅 비고 쓸쓸해 보였다.

보니타는 울기 시작했다. 그러다 울음을 감추려고 디에고의 가슴을 쳤다.

"저기 가서 라마를 보자."

디에고가 에밀리오에게 말했다. 보니타와 떨어져야 맞지 않을 것 같아서였다.

"이 녀석은 모든 사람을 싫어해."

"내가 아는 어떤 사람들 같네."

에밀리오가 디에고를 따라 작은 외양간으로 들어섰다. 거기서 라마와 당나귀 우리를 청소하고, 새 밀짚을 넣어 주고, 먹이와 물을 주었다. 두 사람은 한참 동안 당나귀를 쓰다듬으며 당나귀에게 말을 걸었다.

"부모님이 감옥에서 나오면 우리는 다시 농사를 지을 거야."

당나귀가 셔츠를 씹었지만 디에고는 그냥 내버려 두었다.

"나는 시멘트가 좋아. 나는 이제 도시 아이야. 불빛, 자동차 행렬, 소음, 소란 모두 좋아. 네 부모님은 어느 감옥에 계셔?"

에밀리오가 물었다.

"산세바스티안. 한 광장에 두 개의 감옥이 있지."

"놀이공원 근처야? 학교에서 거기로 소풍을 간 적이 있어. 놀이기구는 재밌어. 회전목마 타 봤어?"

"아니."

디에고가 말했다. 먹고살 돈도 빠듯했다. 놀이기구를 탈 돈 같은 건 없었다.

"너도 좋아할 거야. 어쩌면 토할지도 모르겠다. 우리 아빠는 협회가 월급을 주지 못하면, 대개 그렇듯 공사장에서 일해."

"너희 둘이 재미있게 놀았기를 바란다. 기쁘게도 이 세상에 할 일 없는 사람이 둘이나 있네."

보니타가 외쳤다.

"기분이 좋아졌나 봐."

디에고가 말했다.

두 소년은 당나귀를 마지막으로 두드려 주고는 라마를 피해 외양간을 나왔다. 그리고 채소밭에 뿌려 줄 물을 길었다.

디에고, 보니타, 에밀리오는 다리로 향하기 전에 잠깐 수영을 하러 갔다. 보니타가 집에서 비누를 가져와 씻을 수도 있었다.

"너무 많이 쓰지 마. 다리에 가져갈 거야."

보니타가 말했다.

에밀리오는 비누로 곱슬머리를 두어 번 문지르고는 비누가 마르도록 강가 나뭇잎에 올려놓았다. 차가운 물은 디에고에게 새로운 힘을 주었다. 다리로 돌아가고 싶었다.

세 사람은 채소와 담요를 두 팔에 가득 안고, 찍찍 소리를 내며 꿈틀거리는 자루도 날랐다.

"네가 만든 우리가 쓸 만하네."

보니타가 말했다.

"우리가 만든 우리지. 함께 만들었잖아."

디에고가 말했다.

보니타는 반박하지 않았다.

보니타가 이끄는 길은 언덕 위로 이어졌다. 언덕에서는 다리가 내려다보였다. 세 사람은 잠깐 언덕에 앉아 시위대가 자리한 곳을 바라보았다. 보도 옆 흙길에는 요리용 불들이 타고 있었다. 포장 도로가 불꽃에 망가지지 않도록 흙길에 불을 피운 것이다.

"우리 도로야."

예전에 누군가 말했었다.

"우리 것을 우리가 왜 망가뜨리겠니?"

노랫소리가 언덕까지 들려왔다. 누군가 아이들과 노래를 부르며 춤을 추고 있었다. 다리 위에서는 사람들이 모이고, 일하고, 쉬고 있었다.

"아빠가 그랬어. 나라 전체를 막을 거라고. 이제 나라 전체에 장애물이 세워졌어. 아무것도 움직이지 못해."

에밀리오가 말했다.

땅에 애벌레가 기어갔다. 디에고가 손가락을 대자, 애벌레는 손으로 기어올랐다.

"볼리비아에는 분노한 코카렐로들이 많을 거야."

디에고가 말했다.

"코카렐로만이 아냐. 교사들, 광부들, 다리오나 레온처럼 다른 사람의 농장에서 일하는 사람들, 그 밖에 수많은 사람들. 아빠가 그랬어. 어떤 재소자들은 이번 시위를 지원하기 위해 단식 투쟁을 한대.”

에밀리오가 말했다.

디에고는 아무리 좋은 뜻이 있더라도 부모님이 굶는 것을 생각하고 싶지 않았다. 엄마는 코리나만큼은 절대 굶기지 않을 것이다. 어떻게든 코리나를 먹일 것이다.

“아빠는 협회 일을 하기 때문에 바리케이드를 넘을 수 있어. 하지만 군인이나 경찰이 아빠를 막고 체포할까 봐, 내가 아빠가 체포된 것도 모를까 봐 걱정이야.”

에밀리오가 말했다.

에밀리오는 디에고의 손에서 자신의 손으로 기어오르는 애벌레를 내버려 두었다.

‘적어도 나는 부모님이 어디 계신지는 알잖아. 부모님이 어디 계신지 모른다는 것은 끔찍한 일이겠지.’

디에고가 생각했다.

다음은 애벌레가 보니타의 손을 기어오를 차례였다. 보니타는 애벌레가 아래팔을 기어오르도록 내버려 두었다.

“시위가 얼마나 계속될까?”

보니타가 에밀리오에게 물었다.

“코차밤바의 물 시위는 몇 주 동안 계속되었어.”

에밀리오가 말했다.

“나는 감옥 안에 있어야 했어. 정말 싫었지.”

디에고는 그때를 기억했다. 식량은 부족하고 전기는 나갔다. 교도관들은 추가 근무를 해야 했다. 교대 근무자가 출근하지 못했기 때문이다. 그래서 평소보다 더 사나웠다.

“물 시위도 이렇게 시작되었어. 바리케이드를 세우고, 조직을 만들고, 함께 일했지. 처음에는 파티 같았어. 그러다 경찰이 왔고 우리는 그들을 물리쳤어. 우리의 승리처럼 느껴졌지.”

에밀리오가 말했다.

디에고는 땅에서 한 줄기의 기다란 풀을 뽑아 찢기 시작했다. 리카르도 부인이 바구니를 짜곤 했던 풀이었다.

“그러고는 어떻게 되었어?”

디에고가 물었다.

“그러고는 엉망이 되었지.”

돌아갈 시간이었다. 세 사람은 옷에서 흙과 풀을 털고 일어나 짐을 들었다.

“우리 아빠는 아주 용감하고, 아주 강해. 나는 내가 아주 약하지 않기를 바라.”

에밀리오가 말했다.

“그럴 거야.”

보니타가 에밀리오를 밀치고 다시 언덕 아래로 앞장섰다.

"보니타가 누군가에게 해 준 가장 기분 좋은 말일 거야."

디에고가 에밀리오에게 말했다.

두 소년은 보니타를 따라잡기 위해 달렸다. 보니타는 빨리 움직이는 것을 좋아했다.

외로운 잔치

"무서워?"

디에고의 약점을 잡은 보니타가 재미있어했다.

"넌 절대 못 할걸."

보니타가 말했다.

"아니, 할 수 있어. 백번은 해 봤는데."

디에고가 말했다.

"그랬겠지. 그럼 어디 한번 해 봐. 나도 배워야지."

보니타가 칼과 함께 자루에서 꺼낸 기니피그를 건넸다.

디에고는 도움을 구하는 눈길로 에밀리오와 마르티노를 보았다. 하지만 두 소년은 길옆 바위에 앉아 웃기만 했다.

사람 손이 익숙지 않은 기니피그는 꼼지락거리다가 디에고 손에 오줌을 쌌다. 디에고는 작은 기니피그를 꽉 움켜잡기 위해 칼

손잡이를 이빨 사이에 물었다. 두 손을 사용해서야 기니피그를 단단히 잡을 수 있었다.

그러자 마르티노가 말했다.

“어떡할 거야? 칼을 쥘 손이 없잖아.”

디에고는 기니피그를 가슴에 움켜잡으려 했다. 그러자 녀석이 디에고의 셔츠 안으로 작은 얼굴을 밀어 넣었다.

보니타, 에밀리오, 마르티노는 숨이 넘어가도록 웃었다.

“어서, 디에고. 배고픈 사람들이 기다리잖아.”

보니타가 말했다.

디에고는 결국 패배를 인정하고 칼과 기니피그를 보니타에게 넘겼다. 디에고는 보니타가 기니피그의 목을 베는 모습을 차마 볼 수 없었다. 보니타는 죽은 기니피그를 들통 위로 들어서 피를 빼내고, 칼로 배를 그었다. 모든 것은 순식간에 끝났다. 내장이 들통으로 쏟아져 나왔다. 잠깐 사이에 보니타는 기니피그의 가죽을 벗기고 꼬치에 꿰서 불에 구울 준비를 마쳤다.

“일곱 마리를 더 잡아야 해.”

보니타가 말했다.

우리의 다른 기니피그들은 잡아먹기에는 아직 너무 어려 보였다. 디에고와 에밀리오는 보니타에게 그 일을 맡기고 다른 일을 찾으러 갔다.

'어떤 일이든 저것보다는 나을 거야.'

그날 저녁, 잔치가 열렸다.

초와 등유 랜턴이 다리를 밝혔다. 아이들은 밤늦게까지 깨어 있다가 춤추는 사람들 사이나 엄마, 아빠의 무릎에서 잠들었다.

"기회가 있을 때 마음껏 축하해야지. 내일 무슨 일이 벌어질지 누가 알겠어? 자, 디에고. 나랑 춤추자."

리카르도 부인이 말했다.

디에고는 결코 춤을 추지 않았었다. 하지만 지금은 어두워서 아무도 자신을 보지 못할 거라는 생각이 들었다. 게다가 어떻게 리카르도 부인을 거절한단 말인가? 디에고는 깨끗한 볼리비아 공기를 들이마시고 새로운 가족과 친구들에 둘러싸여 바보가 된 듯이 뛰어다니며 즐겼다. 삼뽀냐(갈대로 만든 피리), 차랑고(작은 기타), 드럼 소리가 손뼉을 치고 발을 구르는 소리와 합쳐졌다.

디에고는 웃고 또 웃었다. 구운 토끼와 기니피그, 엠파나다와 바나나도 실컷 먹었다. 자유와 행복을 느꼈다. 멋지고 멋진 밤이었다. 디에고는 먹고 춤추는 것에 지치자 드럼을 연주하던 에밀리오에게 갔다. 에밀리오는 통나무에 자리를 만들어 주었고 어둠 속에서 함께 드럼을 두드렸다.

보니타는 다리 남단에서 보초를 섰다. 디에고는 보니타에게 음식을 가져다주고, 옆에 앉았다.

"고마워."

보니타의 말에 디에고는 깜짝 놀랐다.

"난 네가 요리한 기니피그를 한 마리 먹었어. 아니면 한 마리의 일부를 먹었어. 맛있었어."

디에고가 말했다.

"다른 기니피그 요리법도 있어. 엄마가 크리스마스나 부활절 같은 특별한 날에 요리하는 방법이야. 먼저 기니피그를 끓여서 가죽을 벗기고 몇 시간 동안 소금을 뿌려 두었다가, 엄마가 만든 칠리 피넛 소스로 볶는 거야. 그게 가장 좋은 방법이지만, 사람이 많을 때는 그냥 굽는 것이 쉽지."

보니타가 빈정거리지 않고 이렇게 길게 말한 것은 처음이었다.

"모두 좋아하는 것 같았어. 기니피그를 길러서 돈을 벌 생각은 없어?"

디에고가 물었다.

"기니피그 몇 마리를 쌀로 바꾸곤 해. 우리는 쌀을 재배하지 않거든."

이미 알고 있는 사실이었다.

"코차밤바에서는 사람들이 기니피그를 팔아. 커다란 자루에 가득 담아서. 너희 가족도 많이 길러서 내다 팔 수 있을 거야. 그러면 학교에 갈 돈도 벌 거고."

디에고가 말했다.

보니타는 먹는 것을 멈추고 디에고를 빤히 쳐다보았다. 디에고는 예전 보니타의 모습이 돌아올까 봐 잠시 걱정했지만, 보니타는 그냥 이렇게 말했다.

"난로 밑에는 더 이상 자리가 없어."

"아마 그렇겠지만, 난로 옆에 작은 집을 짓는 건 어때? 그러면 기니피그들은 넓은 공간에서 따뜻하게 자랄 수 있을 거야. 동시에 사오십 마리를 키우는 거지."

디에고는 머릿속 공책에 계획을 세우며 말을 시작했다.

보니타가 생각에 잠겨 감자를 씹었다.

"넌 이곳을 떠나지 않을 것처럼 말하네. 네 말을 들으면 계속 여기 머물 것 같아. 우리 농장에서 계속 살 생각이야?"

보니타가 말했다.

보니타의 말에 어느 정도 진실이 담겨 있었지만 디에고는 무슨 말을 해야 할지 몰랐다. 가족을 만나야 한다는 것을, 모든 것을 바로잡아야 한다는 것을 알았지만 자신이 미치지 않고서 다시 감옥에서 살아갈 수 있을지는 몰랐다.

디에고는 어느새 상상하기 시작했다. 돈이 아주 많아서 코차밤바와 이곳을 왔다 갔다 하며 가족을 먹여 살리고, 대부분의 시간은 리카르도 가족과 함께 지내는 생활을. 심지어 코리나를 이곳에 데려올 생각도 했다. 리카르도 부인은 코리나를 잘 돌봐 줄 것이고, 코리나도 농장 일을 하면서 넓은 공간에서 지내면 징징거리지 않을 것이다.

"네 농장이 아냐. 나는 여자지만 첫째야. 그게 중요해. 난 남자아이만큼 농장에서 많은 일을 해. 두 배쯤 하지."

보니타가 말했다.

디에고는 대화 주제가 오묘하게 바뀌는 것을 느꼈다. 보니타가 곧 디에고에게로 다시 화제를 돌렸다.

"네가 도움이 필요할 때 우리 가족이 도울 수 있어서 기뻐. 하지만 이제는 우리 말고도 네가 의지할 수 있는 가족들이 많잖아. 우리는 코카를 도둑맞기 전에도 넉넉하지 않았어. 그러니 들어올 생각은 하지 마."

"안 들어가. 생각 안 해!"

"넌 시위대에 머물 필요도 없어. 그렇지 않아? 사실 넌 우리 중에 한 명도 아니잖아. 너는 머물 필요 없어."

못된 말이었다.

디에고는 보니타에게 왜 그런 말을 하는지 물어보지 않았다. 그저 통나무에서 일어나 걸어 나왔을 뿐이었다. 보니타에게서 최대한 멀어지기 위해 잔치를 벌이는 사람들을 지나 다리 북단으로 갔다. 시위대를 떠나지는 않았다. 그저 장애물의 일부인 나뭇가지에 몸을 기댔다.

"무슨 일이야, 벌레? 여자 문제? 그들은 점점 나빠진다고, 친구. 하지만 아, 그럴 가치가 있지!"

옆에서 다리오가 친구들과 치차를 마시고 있었다.

다리오가 허세를 부리기 시작했다. 허세가 심해질수록 할 말도 줄어드는 법이었다. 디에고는 귀를 막고 먼 곳을 바라보다가 에밀리오를 찾아 체스를 두기로 했다.

하지만 디에고의 마음은 체스에 있지 않았다. 결국 에밀리오는 디에고를 두 판이나 쉽게 이겼다.

"자러 가."

에밀리오가 덧붙였다.

"차라리 산토랑 노는 게 낫겠다."

시작된 준비

“좋은 아침입니다, 캄페시노 여러분!”

확성기에서 울려 퍼지는 여자 목소리에 디에고는 놀라서 깼다. 두어 명의 어린아이들도 잠에서 깨어나 울기 시작했다. 그래도 확성기를 잡은 나이 든 여자는 멈추지 않았다. 디에고는 팔꿈치를 괴고 옆에서 자는 에밀리오를 살살 찔렀다.

여자는 어젯밤 치차 파티를 벌인 사람들의 매트로 다가갔다. 다리오와 레온, 그리고 둘의 친구들이 뻗어 있었다. 무리는 요란한 소음에 투덜대면서 신음 소리를 냈다.

“우리는 어떤 목적을 위해 여기 있는 거야!”

여자의 목소리가 확성기를 타고 강 아래로 울려 퍼졌다.

“너희는 그 목적이 치차를 마시는 것이라고 생각하는 모양이군. 모두가 그렇게 느끼는지 회의를 열어 알아보자.”

신경 쓰이는 일이 있으면 간부일 필요 없이 누구든, 언제든 회의를 소집할 수 있었다. 어느 오후에는 마르티노도 회의를 소집했었다. 젊은 남자들이 아이들의 공을 계속 빌려 가 다리에서 축구를 하고 아이들은 끼워 주지 않는다는 것이었다. 결국 회의에서는 젊은 남자들이 따로 축구공을 구하거나 아이들의 말을 들어야 한다는 결론이 났다.

"지금 당장 회의를 소집해서 치차를 금지하는 문제를 논의합시다."

여자가 계속 말했다.

디에고는 집에서 만든 치차를 금지하는 것에 찬성했다. 그 맛을 별로 좋아하지 않았거니와 다리오와 레온도 치차를 마시지 못하면 명령만 하는 대신 일을 더 많이 할 것이다.

회의는 순조로웠다. 술에 취했던 다리오와 레온 무리는 투덜거렸지만 수적으로 밀렸다.

"그러면 표결에 부칩시다. 여기서 치차와 다른 술을 마시는 것에 반대하는 사람은……."

"누가 와요!"

리카르도 부인이 말하는 순간, 다리 북단에서 큰 소리가 들렸다.

그냥 '누가'가 아니었다. 몽둥이로 무장한 많은 사람들이 고속 도로를 따라 시위대에게 오고 있었다. 시위자들은 재빨리 움직였다. 어린아이들과 노인들은 다리 중앙의 방수포 아래로 들어갔다. 다른 사람들은 모두 바리케이드로 갔다.

마르티노 또래의 아이들은 돌을 주웠다. 시위자들이 돌을 들어 던질 준비를 하고 나서야 디에고는 돌들이 무엇을 위한 것인지 알았다.

"저들이 다가올 때까지 기다려!"

누군가 소리쳤다.

"저들은 누구죠?"

디에고가 물었다.

"우리가 돌려보낸 버스 승객들이겠지. 아마 마을의 음식과 맥주가 떨어져서 이곳을 지나갈 권리가 생겼다고 생각하나 봐."

옆에서 한 남자가 말했다.

디에고가 돌을 들었다.

"준비."

남자가 말했다.

무장한 사람들이 가까워졌다.

"대기."

디에고는 근육이 긴장하는 것을 느꼈다.

"던져!"

디에고는 힘껏 던졌다. 겨냥은 하지 않고 그냥 던졌다. 사방에서 고함 소리가 터졌다. 어떤 사람들은 떨어진 돌을 주워서 시위대에게 다시 던졌고, 어떤 사람들은 바리케이드를 해체하기 시작했다.

"저들을 공격해!"

디에고 옆의 남자가 소리쳤다.

시위자들은 바리케이드를 해체하는 사람들이 뒤로 물러날 때까지 돌을 던졌다. 몇몇 돌들은 다시 시위대에게 돌아왔고, 디에고는 돌에 맞은 사람들의 얼굴에 피가 흐르는 것을 보았다. 의료 위원회는 재빨리 옆으로 데려가 붕대를 감아 주었다.

어떤 두 남자는 첫 번째 바리케이드를 넘더니, 금속 파이프와 야구 방망이로 시위자들을 공격했다.

"모두 함께!"

디에고가 보니타와 에밀리오를 비롯한 또래의 아이들에게 소리쳤다. 아이들은 모두 함께 덤벼들어 두 남자를 도로에 쓰러뜨렸다. 디에고와 다른 아이들이 두 사람을 계속 발로 차자, 다른 시위자가 아이들을 떼어 냈다.

"놓아줘."

누군가 아이들에게 말했다.

"다들 미쳤어! 여기서 나가자. 다들 미쳤다고!"

파이프를 들었던 남자가 외쳤다.

시위대는 고속 도로 위의 사람들이 언덕을 오르고 굽이를 돌아 마을로 후퇴할 때까지, 그래서 고속 도로가 다시 조용해질 때까지 돌을 던졌다. 던진 돌들은 마치 비가 쏟아지는 듯했다.

"우리가 무너질 줄 알았냐?"

다리오가 소리쳤다.

다리오는 땀과 피에 젖어 바리케이드에 기대어 있었다. 검은 눈에는 눈물이 고이기 시작했고, 얼굴은 창백했다.

"우리가 겁먹을 줄 알았냐?"

다리오는 계속 소리를 지르고 콧방귀를 뀌었다.

"피가 나요. 의료 위원회에 가야겠어요."

디에고가 다리오의 팔을 잡아당기며 진정시켰다.

"괜찮아. 저들은 나를 다치게 하지 못했어."

다리오가 팔을 뺐다. 하지만 디에고가 이끄는대로 순순히 다리 남단으로 갔다. 의료 위원회가 붕대와 뜨거운 코카 차를 나눠 주고 있었다.

"아무래도 마을에 몰래 들어가서 차를 몇 대 망가뜨려야겠어."

다리오가 말했다.

"아무래도 차나 마시고 바보 같은 소리는 그만해야겠네."

의료 위원회의 한 여자가 말했다.

사람들은 다리 위에 위원회별로 모여 방금 무슨 일이 벌어졌는지, 다음에 무슨 일을 해야 할지 의논했다. 사람들은 모든 일을 해야 했다. 디에고는 농장에서 식량을 모으고, 강에서 물을 끌어오고, 바리케이드를 보수하고, 돌을 모았다. 순식간에 하루가 지나갔다.

"그들은 다시 올 거야."

누군가 말한 것처럼 사람들은 그날 늦게 다시 왔다.

전투는 종일 격렬하고 불규칙적으로 이어졌다. 보초는 두 배로 늘었다. 다들 생생한 눈으로 보초를 서도록 두 시간마다 교대가 이뤄졌다. 사람들은 일어서서, 혹은 도망치면서 밥을 먹었다.

한 시위자는 배터리가 필요 없는 라디오로 뉴스를 전해 주었다.

"볼리비아 전체가 봉쇄되어서 도시에 식량이 없대. 정부가 곧 조치를 취할 거야. 우리는 모두 준비를 해야겠어."

'얼마나 더 준비할 수 있을까?'

디에고는 돌을 모으고 식품 창고를 세우는 일을 도왔다. 의료 위원회를 도와 침대 시트로 붕대도 만들고, 보안 위원회를 도와 낡은 천으로 반다나도 만들었다. 그리고 반다나 하나를 목에 둘러 보았다. 그것이 무엇에 쓰이는지 제대로 알지 못하면서.

누군가는 여자와 아이들을 피신시키자고 했지만 여자들은 제안을 받아들이지 않았다.

여느 날처럼 하늘이 홍조를 띠다가 점점 어두워졌다. 그렇게 별이 뜨고 하루가 끝나 갔다. 모두가 긴장 속에서 밤새 마음을 나눴다.

단 한 가지 바람

디에고와 에밀리오는 다리 북단에서 보초를 섰다. 한 남자가 고속 도로 한가운데서 언덕을 내려오고 있었다. 에밀리오는 어느 꼬마에게 선물 받아 목에 걸었던 호루라기를 짧게 세 번 불었다. 디에고는 보니타에게 다리 남단에도 상황을 알리라고 전하고, 보안위원회에도 전하기 위해 달렸다. 며칠째 계속된 시위로 절차를 완전히 외우고 있었다.

에밀리오에게 다시 돌아온 디에고를 따라 다른 사람들도 곧 합류했다.

마침내 남자가 다가왔다. 남자는 양옆으로 팔을 벌리고 손가락도 벌려서 무기가 없음을 보여 주고, 한쪽 팔을 흔들었다.

"대위예요."

디에고가 말했다.

"다른 사람에게 전해."

누군가 말하자, 디에고는 다시 달렸다.

디에고가 돌아왔을 때는 많은 시위자들이 북쪽 바리케이드 옆에 모여 있었다. 대위가 무슨 말을 할지 듣고 싶어서였다.

"여기 책임자가 누구죠?"

대위가 물었다.

"우리 모두가 책임자요. 우리 모두 코카렐로요. 우리 모두 수확물을 도둑맞았고, 우리 모두 여기 있기로 했소."

리카르도 씨가 대답했다.

"그러면 여러분 모두와 이야기하죠. 여러분이 무슨 짓을 하고 있는지 다시 생각해 보십시오. 저는 여러분과 대화하고 싶은 마음을 보여 주기 위해 찾아왔습니다."

대위가 말했다.

"우리 코카를 돌려주겠소? 우리가 농장을 꾸려 나가도록 내버려 두겠소?"

누군가 외쳤다.

"여러분이 계속 다리에 머물 수는 없습니다. 정부는 봉쇄된 고속 도로를 그냥 두지 않을 거예요."

대위가 말했다.

"우리도 여기에 계속 머물고 싶지 않아요. 우리는 코카를 돌려

받을 때까지만 머물 거예요. 당신들이 우리 코카를 가져갔으니 돌려줄 수도 있잖아요!"

리카르도 부인이 외쳤다.

"그럴 수 없다는 걸 알잖아요."

대위가 말했다.

대위는 바리케이드 옆쪽의 통나무에 앉아 있는 디에고를 알아보고 고개를 끄덕였다.

"잘 지내니, 디에고? 필요한 것은 없어?"

"무슨 상관이에요? 아저씨는 우리를 쏘려고 했어요."

"음, 필요한 것이 있으면 알려 다오."

대위가 말했다.

"그러지 않아도 우리는 서로를 보살피고 있어요."

디에고가 말하자, 대위는 다시 모두에게 말했다.

"우리는 적이 아닙니다. 우리 모두 볼리비아 사람이죠. 나는 아이마라 혈통입니다. 내 병사들은 대부분 아이마라나 케추아 혈통이죠. 우리는 당신들처럼 노동자예요. 우리는 함께 해결책을 찾을 수 있습니다."

"우리가 원하는 것은 정의예요. 당신은 좋은 사람 같지만 우리가 원하는 것을 줄 수는 없어요. 우리는 모두 해야 할 일이 있죠. 우리 일은 우리 권리를 위해 싸우는 거예요. 당신의 일은 당신에게 위협이 되지 않는 사람들을 위협하는 거고요."

다른 여자가 말했다.

"지금은 제가 이곳 군대를 책임지고 있습니다. 하지만 나는 상관들에게 보고해야 합니다. 상관들이 만족하지 않으면 내가 아닌 다른 누군가에게 책임을 맡기고 여기 출신이 아닌 군인들을 보내겠죠. 당신들과 아무 인연이 없고 당신들에게 신경 쓰지도 않을 군인들 말이에요. 이 사실을 마음에 새기고 제가 해결책을 찾게 도와주세요."

대위가 말했다.

"당신은 우리가 적이 아니라고 했소. 우리는 당신에게 우정을 보냅니다. 당신이 총을 내려놓고 시위에 참가한다면 언제든 환영하겠소."

리카르도 씨가 말했다.

대위가 떠나고 나서 더 이상 여행객들의 공격은 없었다. 모든 것이 조용했다.

유난히 길게 느껴진 날이었다. 에밀리오는 피곤하고 힘이 없었다. 잠이 들었다가 깼다가 했다. 깨어났을 때 체스를 둘 수 있었지만, 게임 중간에 다시 힘이 빠져 누워야 했다.

사람들은 다리 위에서 한심한 이유들로 디에고를 짜증나게 했다. 레온은 돌을 역기처럼 들어 올리고 자신의 팔 근육이 커졌는지 만져 보았다. 라디오를 가진 남자는 한 방송에 집중하지 못하고 계속 주파수를 돌려 댔다. 게다가 시위대에 끼어들었던 미국인들까지 짜증을 더했다. 미국인들은 해키색(서양식 제기차기)이라는 게임을 하거나, 작은 틴 플루트로 끔찍한 소음을 만들어 냈다. 또, 자신들이 어디서 휴가를 보내는지 알면 시카고의 부모님이 기절할 거라며 이메일을 확인할 곳이 있는지 형편없는 스페인 어로 계속 물어댔다. 정말이지 다리에서 던져 버리고 싶었다.

디에고는 잠깐 다리에서 벗어나 사람들과 땔감을 찾거나 강에서 바위를 나르기도 했다. 하지만 시간은 느리기만 했다.

"무슨 일이야? 종일 투덜거리네."

보니타는 다리 난간에 기대어 앉은 디에고 옆에 앉았다.

"신경 쓰는 척하지 마."

디에고가 대답했다.

"신경 쓰지 않아. 척하지도 않아."

두 사람은 건너편에서 짜증 나는 미국인들이 어린아이들에게 둘러싸인 채 카드놀이를 하는 것을 넘겨다보았다.

"미국인들 배낭에 먹을 것이 있어. 내가 봤어. 자기들 음식은 자기들 것이고 우리 음식도 자기들 거라고 생각해. 먹기만 하고 나누지 않아."

보니타가 말했다.

"휴가 중이니까."

디에고가 비웃듯이 말했다.

"음, 다른 곳에서 휴가를 보냈으면 좋겠어. 여기서 나쁜 일이 벌어지면 미국인들 때문에 상황이 더욱 나빠질 거야."

"방해가 되겠지."

"방해만 되는 것이 아냐. 미국인들에게 무슨 일이 생기면 온 세상의 눈이 우리에게로 쏠릴 거야. 볼리비아 사람이야 몇 명이 다치든 죽든 누가 신경 쓰겠어. 하지만 한 명의 미국인이 긁히거나 발가락을 다치면 우리에게 비난이 쏟아지겠지."

보니다가 말했다.

"바르가스 씨가 떠나 달라고 할지 몰라."

"바르가스 씨는 사람들의 가장 좋은 점만 봐."

"그러면 네가 떠나 달라고 해. 넌 최악만을 보잖아."

디에고가 말했다.

"네가 여기 속하지 않는다는 말은 미안해. 그 말은 사실이 아냐. 그런 말을 하지 말았어야 하는데."

보니타가 말했다.

"일부는 사실이야. 떠날 생각을 하고 있어. 돈을 벌어야 하고, 집에도 가야 하니까."

디에고가 말했다.

"그러면 가. 아무도 너를 막지 않아."

단순한 말이었지만 디에고는 아주 외로워졌다. 마치 떠나는 자신을 잡을 만큼 관심 가져 주는 사람이 없는 것처럼.

"우리 저 사람들을 없애 버리자. 저들은 먹을 것을 내놓거나 일을 해야 해. 아니면 꺼져야지."

보니타가 일어나서 미국인들을 노려보며 말했다.

디에고는 보니타가 미국인들을 쫓아낼 계획에 자신을 끼워 준 것이 놀랍고 기뻐서 벌떡 일어났다. 두 사람은 함께 다리의 반대쪽 난간으로 갔다.

그때, 낮게 우르릉거리는 소리가 들려왔다. 두 사람은 멈춰 서서 귀를 기울였다. 소리는 더 커져 왔다. 사람들은 일어나 무엇이 소음을 내는지 주위를 둘러보았다. 디에고는 불빛을 봤다. 눈이 부셔서 눈을 가렸다. 밝은 빛은 다리에 낯선 그림자를 만들었다. 탱크였다.

동시에 프로펠러 소리가 들렸다. 강바닥에서 떠오른 헬리콥터는 또 다른 스포트라이트를 시위자들에게 비췄다.

군인들이 도착했다.

정의를 향한 외침

불빛이 밤새 대낮처럼 켜져 있었고, 헬리콥터는 다른 곳으로 날아가지 않았다. 프로펠러의 소음과 바람에 아이들은 겁을 먹었다. 누구도 잠을 잘 수 없었다. 담요와 방수포로 세운 쉼터들과 돌로 눌러 두지 않은 물건들은 모조리 날아가 버렸다.

디에고는 그날 밤의 대부분을 북쪽 바리케이드에서 보냈다. 엔진 매연을 들이마시면서도 도움이 필요한 곳을 찾아다녔다.

미국인 한 명은 행운의 모자를 강에 떨어뜨렸다. 아이를 잃어버린 것처럼 울부짖는 미국인을 다른 미국인이 진정시키며 다리를 떠나기 위해 배낭을 들었다. 미국인들은 디에고를 밀치고 북쪽 바리케이드를 지나갔지만 군인들과 마주쳤다.

"우리는 지나가야 해요. 우리는 미국인이에요! 미국인이라고요!"

모자를 잃어버린 미국인이 외쳤다.

"이쪽 끝은 봉쇄되었습니다. 반대쪽 끝으로 가시죠."

"하지만 우리 버스는 이쪽 끝 마을에 있어요. 우리를 지나가게 해 줘요. 우리는 미국인이라고! 이 일은 우리와 아무 상관이 없어!"

하지만 군인들은 미국인들을 통과시키지 않았다. 미국인들 때문에 짜증이 나지 않았더라면 디에고는 재미있었을지도 모른다.

"우리 대사관에 전화할 거야!"

미국인들이 소리 질렀다.

"다음에는 호주로 가자. 내가 호주에 가자고 했잖아."

그중 한 명이 다른 한 명에게 소리쳤다.

"당신들의 식량을 나눠 줘요. 우리는 뭐든 나눴으니 당신들도 여기에 머물고 싶다면 우리와 나눠야 해요. 싫으면 다리 남단으로 나가요."

보니타가 미국인들 앞으로 나서서 말했다.

디에고는 누군가가 큰 소리로 심부름꾼을 부르는 바람에 끝까지 보지 못했지만, 미국인들은 보니타의 상대가 되지 않을 게 뻔했다.

그날 밤, 군인들은 바리케이드 밖에 불을 켜 놓고 머리 위에 헬리콥터를 띄워 놓았다. 다리로는 들어오지 않았지만 밤새도록 탱크의 엔진 냄새와 헬리콥터 연료 냄새가 났다. 시위자들이 세운 작은 마을은 디에고가 싫어하는 광경, 소리, 냄새로 오염되고 있었다.

"군인들이 왜 공격하지 않지?"

디에고가 물었다.

"자신들이 훨씬 강하다는 걸 보여 주려는 거야. 우리를 겁주려는 거지."

보니타가 추측했다.

"음, 그건 효과가 없네."

레온이 말했다. 반다나를 풀었다가 다시 매는 손이 떨리고 있었는데도.

새벽이 되자 불빛들이 꺼지고 헬리콥터도 가 버렸다. 대위의 목소리가 확성기에서 나왔다.

"다리 위의 모든 사람은 들으십시오. 여러분의 주장이 관철되었습니다. 볼리비아 전역이 여러분의 말에 귀를 기울이고 있습니다. 여러분의 용기와 헌신으로 볼리비아가 멈춰 섰습니다. 이곳과 다른 곳들에 세워진 장애물 때문에 말입니다. 여러분은 승리를 외쳐도 좋습니다. 저는 기쁘게 여러분이 옳다고 인정할 것입니다."

승리라는 단어에 시위대에서 환호가 터져 나왔다. 하지만 디에고는 환호하지 않았다. 승리란 코카렐로들이 코카를 돌려받고, 디에고는 집에 돌아갈 돈을 받는다는 의미였다. 대위가 그런 말은 하지 않았지만.

“이제 여러분에게 나쁜 소식을 전해야겠습니다. 여기 있는 많은 분에게, 그리고 저에게도 나쁜 소식입니다. 이 지역의 다른 시위대가 무너졌습니다. 일부 시위자들이 부상을 입었습니다. 제게도 이곳을 무너뜨리라는 명령이 언제 내려올지 모릅니다. 제가 거부한다면 명령을 따를 누군가로 교체되겠지요. 여러분은 제 말이 사실임을 알고 있습니다.”

대위가 이어 말했다.

다리 위의 군중에게서 조롱과 야유가 흘러나왔다. 대위는 소음이 잦아들기를 기다렸다가 입을 열었다.

“이제 우리는 볼리비아 모두의 이익을 위해 함께 행동해야 합니다. 코카 농부들만 볼리비아 사람들이 아닙니다. 볼리비아는 많은 사람들의 나라입니다. 사람들은 각자의 직업을 가지고 있고, 일을 하러 가야 합니다. 그래서 부탁드립니다. 선의의 몸짓으로 장애물을 치워 주십시오.”

대위의 말은 “정의! 정의! 정의!”라는 구호와 부닥쳤다. 구호는 오랫동안 계속되었다. 디에고는 “정의!”라는 구호를 외치면서 자신이 탱크와 총에 맞서 싸우는 듯한 느낌을 받았다. 소리를 지르고 허공으로 주먹을 치켜들었다.

구호가 조금 잦아들자, 대위의 목소리가 다시 확성기를 타고 흘러나왔다.

"여러분에게 시위를 완전히 그만두라는 것이 아닙니다. 그저 작은 몸짓을 보여 달라는 것입니다. 열두 시간 동안 장애물을 치워 주세요. 차들을 통과시켜야 물건들이 시장에 도착하고, 여러분의 동료 시민들이 목적지에 도착할 수 있습니다."

"안 돼!"

대답이 울려 퍼졌다.

"그러면 여섯 시간이오. 난 압력을 받고 있어요. 장애물을 여섯 시간만 치워 주세요. 아니면 네 시간!"

대위가 애원했다.

"안 돼!"

대답이 다시 울려 퍼졌지만 전만큼 크지는 않았다.

"의논해 봐야 해요. 대신 우리에게 양보를 받고 싶다면 뭔가를 내줄 준비가 되어 있어야 합니다!"

누군가 외쳤다.

"이미 우리 코카를 가져갔어요. 무엇을 더 줘야 하는 거죠?"

대답이 터져 나왔다.

"우리가 이기고 있는데 약한 모습을 보일 수 없어요!"

다른 누군가 외쳤다.

"뭔가를 토론하는 것은 약한 모습을 보이는 것이 아니에요."

리카르도 부인이 말했다.

디에고는 장애물을 치우는 것에 대해 아무런 생각이 없었다. 장애물을 그대로 두든, 치우든 주머니에 돈이 들어올 것 같지는 않았다. 하지만 리카르도 부인의 말은 이해할 수 있었다.

시위자들은 서로가 보이도록 다리 한가운데 둥글게 앉았다. 양쪽 끝에 보초만 몇 명 남겨 두었다. 디에고는 전날 아주 많이 자고 이제는 조금 나아진 에밀리오 옆에 앉았다. 그 사이 미국인들은 다리 남단을 빠져나갔다.

잠시 후, 보니타는 미국인들의 배낭에서 털어 낸 그래놀라 바, 비스킷 같은 포장된 미국 음식을 나눠 주었다.

헬리콥터는 아주 멀리 날아갔고 탱크와 군용 트럭은 모터를 껐다. 사방이 조용해서 서로의 말을 들을 수 있었다.

"어떻게 군인들을 믿지? 우리가 장애물을 치우고 나면 다시 장애물 세우는 것을 막을 수도 있어."

누군가가 말했다.

"다른 곳에 세우면 되잖아. 꼭 여기여야 하는 것은 아냐. 우리를 고속 도로 전체에서 쫓아낼 수 없으니까."

다른 누군가 지적했다.

"우리가 부탁을 들어주면 뭔가 우리를 도와줄지 몰라."

"우리의 코카를 돌려주고 우리를 내버려 두는 것. 이것 말고 저들이 해줄 것은 없어."

토론이 계속되었다. 어떤 사람은 많은 사람들 앞에서 말하는 것에 익숙해서 금세 본론으로 들어갔다. 어떤 사람은 생각을 말로 표현하는 것이 서툴렀다. 또 어떤 사람은 듣는 것을 좋아했다.

"괜찮아?"

디에고는 자신에게 조금 기대어 있는 에밀리오에게 물었다.

"아무것도 아냐. 그냥 피곤해."

에밀리오가 조금 힘들게 숨을 쉬었다.

"흡입기를 사용하지 그래?"

디에고가 물었다.

"네 일에나 신경 쓰지 그래?"

에밀리오가 멀어지며 말했다.

디에고는 에밀리오를 따라갔다.

"화내지 마. 네 아빠가 너를 살펴 달라고 그랬어. 그것뿐이야."

에밀리오가 디에고를 피하다가 걸음을 멈췄다.

"흡입기를 잃어버렸어. 헬리콥터 바람 때문에."

에밀리오는 작게 말했다. 주위의 누구도 에밀리오의 말을 듣지 못했다.

"다른 것을 구할 수는 없어?"

"그래, 숲에 들어가 나무에서 하나 따오면 되겠네. 흡입기가 얼마나 비싼지 알아?”

에밀리오가 말했다.

‘다시 돈이 문제군.’

디에고는 생각했다.

“아무에게도 말하지 마.”

에밀리오가 애원했다.

“나를 여기서 나가게 할 거야. 모두 바르가스 씨의 어린 아들, 어린 아들 하잖아. 나를 약하다고 생각해.”

에밀리오는 기분이 나쁘다는 듯 덧붙였다.

“아무도 그렇게 생각하지 않아. 내가 흡입기를 찾을게. 아무도 모를 거야.”

디에고가 말했다.

“뭘 아무도 모른다는 거지, 벌레?”

다리오와 레온이 뒤쪽에서 다가왔다.

“우리가 회의와 연설을 싫어한다는 거요.”

디에고가 말했다.

“나도 그래, 작은 벌레.”

다리오가 디에고와 에밀리오의 어깨에 팔을 두르고 말했다.

“하지만 늑대와 나는 계획이 있어.”

레온이 세 사람을 다른 사람들과 떨어진 다리로 끌고 가며 말했다.

"우리는 이런 대화가 지겨워지기 시작했어, 벌레."

다리오가 야구 모자를 벗고 이마의 모기 물린 자국을 긁었다.

"공격이 필요해."

"계획이 있어. 멋진 계획이야. 사람들이 우리를 떠받들게 될 걸."

레온이 다시 말했다.

"빈둥빈둥 정의를 기다리는 일에 싫증 났어. 왜 우리가 기다려야 하지? 직접 가서 우리 것을 되찾아 올 거야."

다리오가 물었다.

"우리는 할 일이 있어요."

디에고가 에밀리오의 팔을 잡아당기며 말했다.

"계획이 뭐죠?"

에밀리오가 디에고를 떨쳐 냈다.

"군인들에게 몰래 접근할 거야. 그리고 기습하는 거야."

레온이 대답했다.

"우리는 갈 거예요."

디에고가 에밀리오를 끌어당겼다. 그리고 팔을 풀어내려는 에밀리오를 계속 잡아당겼다.

"레온과 다리오의 이야기를 들어 봐야 해."

에밀리오가 말했다.

"저 두 사람에게 들을 말은 없어."

디에고는 남자 감옥에서 다리오와 레온 같은 부류의 젊은 남자들을 너무 많이 봤다. 탈옥을 하거나 큰돈을 벌거나 감옥의 왕이 되겠다는 대담한 계획을 잔뜩 세우는 남자들. 그러나 그런 계획은 항상 다른 누군가를 다치게 했다.

"네가 뭘 알아? 넌 시위에 처음 참가한 거잖아. 넌 아무것도 몰라."

에밀리오가 말했다.

"네 아빠가 너를 돌봐 주라고 했어. 그래서……."

디에고는 많은 야유와 구호 소리에 말을 마치지 못했다. 시위자들이 급하게 다리 남단으로 가고 있었다. 소년들은 난간에 올라가 무슨 일인지 보았다.

"다른 시위자들이 왔어! 아빠와 함께 말이야! 모자가 보여!"

에밀리오가 소리쳤다.

에밀리오는 쏜살같이 달려 나갔다가 쏜살같이 돌아와 말했다.

"기억해, 흡입기에 대해 말하지 않겠다고 약속했어."

그러고는 아빠를 맞기 위해 급히 달려갔다.

디에고는 에밀리오와 바르가스 씨가 서로 끌어안는 모습을 보지 않았다. 가족이 너무 많이 그리워졌기 때문이다.

코카렐로들은 바르가스 씨와 새로운 시위자들을 반기느라 정신이 없었다. 새로운 사람들을 안내하고 정보를 나누느라 잠깐 회의가 멈췄다.

디에고는 이런저런 심부름을 하는 동안 작은 소식들을 들었다. 다른 곳에서는 군대가 불도저와 큰 트럭으로 통나무와 바위로 쌓은 장애물을 돌파했다고 했다. 그 와중에 몇 사람은 나가떨어지면서 뼈가 부러지고 경찰봉에 맞았다. 심하게 다친 사람들은 치료를 받기 위해 남았지만, 가볍게 베이고 긁힌 사람들은 엉성한 붕대를 자랑스럽게 감고 여기로 왔다는 것이다.

"정의의 길은 직선이 아닙니다. 둔덕과 구멍이 있어 편한 길도 아닙니다. 하지만 우리는 의심하지 말아야 합니다. 우리와 맞서는 사람들도 의심하지 말아야 합니다. 우리는 기쁜 마음으로 우리 앞에 펼쳐질 더 나은 미래의 비전을 가슴에 품고 이 길을 함께 걸어야 합니다."

바르가스 씨가 확성기를 통해 말했다.

디에고는 갑자기 피로가 쏟아져서 연설을 들을 수도, 심부름을 다닐 수도 없었다. 그래서 난간에 기대었다. 잠깐 동안 다른 사람들의 눈에 띄지 않고 다른 사람들에게 불리지 않는 것이 기뻤다. 새로 온 시위자들은 이곳의 시위자들과 사소한 말싸움을 시작했다.

"요리용 불을 꼭 저기 두어야겠어요? 불을 반대쪽에 피우면 다리 위로 연기가 덜 날아갈 거예요."

새로운 시위자가 불을 피우고 관리한 여자에게 말했다.

"우리가 장애물을 어떻게 만들었는지 보여 줄게요. 정말 튼튼하게 만드는 법을요."

새로운 시위자가 보안 위원회 남자에게 말했다.

"정말 튼튼했다면 군대가 밀어 버리지 못했겠죠."

보안 위원회 남자가 말했다.

디에고는 그 광경을 흥미 없이 지켜보았다. 시위자들은 나름의 방식이 있었다. 그리고 자신들의 방식이 옳다고 확신하고 있었다. 디에고는 결국 난간에 머리를 기대고 눈을 감았다. 주위의 목소리들이 희미해진 채 계속 흘러갔다.

'흡입기를 찾아야 해.'

디에고는 생각했지만 따뜻한 태양 아래 깜박 잠이 들었다.

쾅, 하는 굉음에 디에고는 벌떡 일어섰다. 다른 사람들도 멍한 표정이었다. 모두 놀란 모양이었다. 한참 동안 날카롭게 울어 대는 새들이 꿈이 아니라 진짜로 큰 소리가 났음을 알려 주었다.

이번엔 총소리 비슷한 것이 세 번 연달아 들려왔다. 자욱한 연기가 다리 위로 솟았다. 디에고 주위의 모든 사람이 기침을 하고 비명을 질렀다.

"최루 가스야! 군인들이 최루 가스를 쐈어!"

누군가 소리쳤다.

디에고는 고통스럽고 독성이 있는 뭔가를 들이마셨다. 숨을 쉴 수 없었다. 다리에 구토를 하자 누군가 곁에 달려왔다. 그리고 가스가 뿜어 나오는 통을 집어 들더니 북쪽 바리케이드 너머로 던졌다.

"눈을 물로 씻어. 문지르지 마. 그러면 더 힘들어져."

레온이 옆으로 달려가며 소리쳤다.

하지만 디에고는 가득 차오른 눈물 때문에 물을 찾을 수 없었다. 얼떨결에 움직이는데 누군가 끓인 식수를 던져 주었다.

"물에도 최루 가스가 들어갔어. 모두 오염되었어."

목소리가 들려왔다.

"물이 더 필요해."

한 여자가 빈 양동이 두 개를 들고 디에고 옆을 서둘러 지나갔다. 강에 물을 뜨러 가는 것이었다.

"대비를 했어야 했는데!"

군대와 시위대 사이의 휴전은 끝났다. 시위자들은 군인들에게 돌과 나무 막대를 던졌다.

디에고는 최루 가스 통을 바리케이드 너머로 던졌다.

"최루 가스 통을 강에 던지지 마! 우리 강이야. 독으로 오염시키지 마!"

리카르도 씨가 모두에게 말했다.

주위는 연기와 가스로 가득했다. 군인들은 방독면을 쓰고 있어서 최루 가스에도 끄떡없었다.

"도와줘, 벌레."

다리오가 디에고의 손목을 잡고 다리 남단으로 달렸다.

"타이어들에 뿌려."

나무 그늘에서 두 개의 휘발유 통을 끌어낸 다리오가 명령했다.

디에고는 머뭇거렸다. 무엇을 하라는 것인지 이해할 수 없었다.

"연기가 숨겨 줄 거야. 우리를 볼 수 없어. 우리를 쏠 수 없어. 레온은 다리 북단에서 이 일을 하고 있어. 휘발유를 부어!"

다리오가 타이어 더미에 휘발유를 끼얹으며 외쳤다.

디에고는 휘발유를 부었다. 휘발유 통이 비자 다리오는 디에고를 뒤로 밀더니 불 붙은 성냥을 타이어에 던졌다. 쉭 하고 불꽃이 솟았다. 디에고는 얼굴에 열기를 느꼈다.

"반다나를 위로 올려!"

다리오가 디에고에게 소리쳤다.

"여기로 와!"

다리오가 식초병을 들었다.

"눈 감아!"

다리오는 디에고의 반다나에 식초를 뿌렸다.

"가스를 좀 막아 줄 거야."

그리고 자신의 반다나에도 식초를 뿌렸다. 휘발유 불꽃이 사그라지자 진한 검은 연기가 솟아 최루 가스와 섞였다. 디에고는 따끔거리고 눈물이 가득한 눈으로 다리 위를 비틀거리며 걸었다. 몇 분마다 멈춰 서서 기침을 하고 숨을 돌려야 했다. 식초에 젖은 반다나는 도움이 되지 않았다. 반다나를 너무 늦게 뒤집어쓴 모양이었다. 결국 디에고는 반다나를 목으로 내리고 마음껏 토했다.

시간이 얼마나 지났는지 몰랐다. 총소리, 헬리콥터 소리, 분노한 외침들이 시끄러워 귀가 먹먹했다. 아이들은 공포와 가스 때문에 비명을 질렀다.

"아기들을 가스가 닿지 않는 높은 곳에 데려가야 해!"

리카르도 부인이 울부짖는 산토를 안고 달려가며 말했다.

"그런 곳을 알아요!"

디에고가 산토를 넘겨받았다.

산토는 디에고의 머리카락을 잡아당기며 공포스러운 비명을 질렀다. 리카르도 부인은 가스 때문에 눈물을 흘리면서도 돌을 던지려는 마르티노를 붙잡았다. 디에고는 산토와 마르티노, 리카르도 부인을 오솔길 입구로 데려갔다. 디에고가 가축들을 돌본 날에 보니타, 에밀리오와 함께 앉았던 산등성이로 이어지는 길이었다.

"저기 위예요."

디에고가 손가락으로 가리켰다.

리카르도 부인이 산토를 받았다.

"다른 아이들도 올려 보내. 그리고 깨끗한 물이 필요해."

디에고는 다시 다리로 달려갔다. 주위는 혼란스러웠다. 나이 많은 사람들과 어린아이가 있는 사람들에게 오솔길을 알려 주려 했지만 제대로 전할 수가 없었다.

"어린아이들을 산등성이로 보내야 해!"

디에고는 우연히 마주친 보니타에게 소리쳤다. 눈물이 심하게 나서 앞이 거의 보이지 않았다.

"네 엄마는 이미 가셨어."

"에밀리오를 데려올게."

보니타가 말했다.

'에밀리오!'

디에고는 혼란 때문에 자신의 책임을 잊고 있었다. 흡입기를 찾아 주겠다고 약속했지만 잠이 든 것이다. 가슴과 목구멍이 화끈거렸다.

'어떻게 에밀리오가 괜찮겠어? 흡입기도 없잖아!'

군인들이 디에고의 앞에 늘어서 있었다. 디에고는 사람들과 계속 부딪히면서 마주칠 때마다 물었다.

"에밀리오? 에밀리오?"

디에고는 길 위에 있던 에밀리오를 밟고 나서야 에밀리오를 찾을 수 있었다. 몸을 숙여 보니 에밀리오는 가스를 피하기 위해 머리를 반쯤 방수포에 묻고 물 밖으로 나온 물고기처럼 숨을 헐떡이고 있었다. 피부는 깜짝 놀랄 정도로 창백했다.

디에고는 에밀리오를 끌어내려고 했지만 힘이 없었다. 그래서 셔츠인지, 수건인지 모를 하얀 천을 손에 쥐고 다리 북단으로 달려갔다. 디에고는 세워 둔 낡은 보트로 뛰어오른 다음 장애물을 기어올라 그 위에 섰다. 그리고 하얀 천을 머리 위로 들고 미친 듯이 흔들었다. 토론이나 논쟁도, 다른 시위자들의 동의도 없이.

"사격을 멈춰!"

총격이 멈추었다. 아이와 부상자가 울고 토하고 숨 막혀 하는 소리를 제외하면 사방이 고요해졌다. 대위가 방독면을 벗고 앞으로 걸어 나왔다.

"내 친구를 도와주세요. 다리에 있는데 숨을 못 쉬어요."

디에고가 말했다.

대위는 의무병(응급 처치, 위생, 간호 일을 하는 병사)들을 불렀다. 젊은 군인들이 들것과 구급상자를 들고 에밀리오에게 달려갔다.

"사람들이 다쳤어요. 아저씨가 사람들을 다치게 했다고요."

디에고가 대위에게 말했다.

"그럼 무슨 일이 벌어질 줄 알았니? 내가 아니라 다른 사람이었으면 상황이 더 나빴을 거야. 난 이 다리를 치우라는 압력을 받고 있다고!"

대위가 소리쳤다.

리카르도 씨가 다른 시위자들과 함께 디에고 옆에 섰다.

"바르가스 씨와 의무병들이 에밀리오 곁에 있어."

리카르도 씨가 디에고를 장벽에서 내려 주며 말하고는 대위에게 돌아섰다.

"당신들은 우리에게 고통을 주고 있습니다. 당신들은 가스와 탱크와 고무탄을 가지고 있습니다. 우리에게는 몸뚱이와 죽겠다는 마음뿐입니다. 선택해야 하는 것은 당신들입니다. 당신들은 계속 우리를 다치게 하고 심지어 죽일 수도 있습니다. 아니면 정부에 전하세요. 우리는 결코 겁먹고 물러나지 않을 거라고!"

리카르도 씨는 그 말을 하고 나서 디에고의 어깨를 꼭 잡고 바리케이드를 향해 돌아섰다. 다른 사람들도 그를 따랐다.

디에고는 에밀리오 곁으로 돌아왔다.

항복을 의미하는 하얀 천은 손가락 사이로 떨어뜨린 채였다.

완벽한 세상

다리는 아주 조용했다. 대위는 탱크와 트럭들의 모터를 끄게 하고 헬리콥터도 멀리 보냈다.

"내 명령 없이 누가 최루 가스를 터뜨렸지? 나는 사상자 없이 이 일을 해결하고 싶었다!"

대위가 소리치는 것이 들렸다. 디에고는 북쪽 장벽에서 다리를 돌아보았다. 마치 전투가 치러진 것 같았다. 날아온 통과 파편에 맞은 사람들이 다리에 뻗어 있었고 회색 연기 사이로 피가 보였다. 눈물과 연기로 앞이 보이지 않는 사람들은 서로 부딪치고 엉켜서 넘어졌다. 신음 소리와 울음소리, 분노와 고통의 소리가 들려왔다.

에밀리오는 의무병들에게 받은 산소와 약으로 좀 더 쉽게 숨을 쉬었고 뺨에는 혈색이 돌아왔다.

"당신 아들이 최루 가스 근처에 못 가게 하세요."

의무병이 바르가스 씨에게 말했다.

"당신의 최루 가스가 내 아들 근처에 안 오게 하세요."

바르가스 씨는 에밀리오를 안고 산등성이로 데려갔다. 바르가스 씨의 눈이 한참 동안 디에고의 눈을 바라보았다. 바르가스 씨는 고개를 흔들고 아들을 더 높은 곳으로 데려갔다. 실망감이 아주 무겁게 느껴졌다. 디에고는 무척 피곤했다. 난간에 기대 아무것도 느끼지 않고 싶었다.

"넌 초를 가지러 왔던 아이잖아?"

여자 목소리가 들렸다.

디에고는 수녀의 얼굴을 올려다보았지만 가득 찬 눈물 때문에 제대로 보이지 않았다.

"나는 로사 수녀야. 고개를 뒤로 젖혀. 깨끗한 물이란다."

깨끗한 물이 눈으로 흘러들어 따끔함을 씻어 주었다.

"이건 프랑스 루르드에서 가져온 성수야. 자비에르 신부님이 큰 병들에 담아 오셨지."

또 다른 여자 목소리가 들렸다.

"신부님은 이 물로 머리를 다시 자라게 하려는 것 같아."

세 번째 여자 목소리가 들렸고, 곧이어 여럿이 킥킥대는 소리가 들렸다.

로사 수녀는 깨끗한 천으로 디에고의 얼굴을 닦아 주었다. 디에고는 눈 앞이 더 선명해졌다.

"왜 여기 계세요?"

"그럼 어디에 있어야 하는데? 총소리를 듣자마자 나왔단다."

로사 수녀가 디에고에게 미소 지었다.

"그 오솔길로."

다른 수녀가 또 다른 사람을 돕기 위해 디에고와 수녀들을 지나치면서 말했다.

"자비에르 신부님은 오늘 점심을 스스로 챙겨 드셔야 할 거야."

세 번째 수녀가 말하자 킥킥대는 소리가 흘러나왔다.

수녀들은 깨끗한 물과 구급상자를 가지고 검은 베일을 펄럭이며 다리로 흩어졌다.

할 일이 많았고 디에고는 녹초가 되었다. 코카렐로들은 남쪽 바리케이드를 다리 밖으로 옮기기로 했다. 바리케이드를 50미터쯤 남쪽으로 옮기면 새로운 시위자들을 위한 공간이 늘어날 것이었다. 그런데 타이어는 계속 연기를 내고 있었다. 코카렐로들은 불평을 쏟아 냈다.

"동의도 없이 불을 질렀잖아. 왜 우리가 마실 공기를 망친 거지? 왜 우리 길을 망친 거야?"

시위자들이 말했다.

"그럼 타이어들을 왜 갖다 놓았겠어요? 처음부터 타이어를 태우지 말라고 말하지 그랬어요?"

다리오가 반박했다.

디에고는 고개를 숙이고 입을 다문 채 나뭇가지와 통나무들을 새로운 자리로 옮겼다.

"저기는 군인들이 더 많은데."

누군가 남쪽을 가리키며 말했다.

디에고는 나뭇가지를 내려놓고 고속 도로를 바라보았다. 트럭과 군인들이 보였다. 쉬면서 이야기를 하고 담배를 피우는 것 같았다.

"그냥 기다리고 있는데."

레온이 말했다.

"뭘 기다리죠?"

디에고가 물었다.

"우리를 잡으려고 기다리지!"

레온이 디에고를 붙잡았다.

'왜 더 큰 사람들은 더 작은 사람들을 겁주고는 재미있어 할까?'

디에고는 생각했다.

시간이 나자 디에고는 에밀리오가 있는 산등성이로 갔다. 산등성이는 평평하고 넓어서 아장아장 걸어 다니는 아기도 놀기 좋았다. 사람들은 그곳에 방수포를 매달아 쉼터를 만들고 요리용 불로 물을 끓여 추페를 요리했다. 다치지 않은 시위자들도 딱딱한 다리 대신 부드러운 땅에서 쉬기 위해 찾아왔다.

에밀리오는 나무둥치에 기대 있었다. 군인들이 준 약은 도움이 되었지만 아직 기운이 나지는 않았다. 에밀리오 옆에 깔린 아구아요(등에 물건을 지기 위해 사용하는 커다란 천) 위에는 아기가 있었다. 에밀리오가 아기를 돌보는 동안 부모는 다리에 있었다.

"나 체……스판을 잃어버렸어. 어쩌면…… 헬리콥터에…… 날아갔을 거야."

에밀리오가 힘들게 숨을 쉬며 쉰 목소리로 말했다.

"나랑 힘들게 한판 붙지 않아도 되겠네."

디에고가 아기의 배를 간질이며 말했다.

"아빠가…… 나더러 다리에 오지 말래. 나는 여기서 쉬어야…… 한대."

에밀리오가 말했다.

"아빠 말씀이 옳아. 너는 많은 가스를 들이마셨어. 사람들도 여기서 쉬고 있잖아."

디에고가 잠을 보충하고 있는 사람들을 가리켰다.

"하지만 사람들은 왔다 갔다 하잖아. 난 여기에만 있으래. 이…… 아기를 옆에 두고 내가 마치 도움이 되는 사람인 것처럼 꾸몄지만 내가 할 수 있는 일이라곤 아빠를 걱정시키는 것뿐이야. 나는 쓸모가 없어."

에밀리오의 얼굴이 움찔거렸다. 에밀리오는 말하는 것조차 힘들 것이다. 디에고는 이해했다. 자신도 아직 가스 때문에 가슴과 목이 아팠다.

"아기를 돌보는 것은 쓸모없는 일이 아냐. 가장 중요한 일이야."

디에고가 말했다.

아기는 디에고의 손가락을 잡았다. 문득 디에고는 코리나가 아기처럼 어렸던 때를 떠올렸다. 코리나는 많이 울었지만 아기는 울지 않고 큰 눈으로 두 사람의 대화를 좇고 있었다.

"알아……. 하지만 여기는 나 말고도 아기를 돌볼 사람은 많아."

에밀리오가 불 주위에 앉은 나이 많은 사람들을 턱으로 가리켰다.

"아빠는 내가 저 아래에 있든 말든…… 중요하다고 생각하지 않아. 내가 도울 일이 없다고 생각해."

"넌 많이 징징거리네. 네 아빠는 너를 보호하고 싶어 하셔. 아빠와 함께 있는 것을 고맙게 생각해."

에밀리오의 말을 듣는 것에 지친 디에고가 말했다.

"날 내버려 둬."

에밀리오가 팔짱을 끼고 고개를 돌렸다.

다리 위에서 누군가가 심부름꾼을 불렀다. 디에고가 일어섰다.

"내가 체스판을 찾을게."

디에고가 제안했다.

"내 흡입기를 찾은 것처럼?"

에밀리오가 말했다.

디에고는 그냥 걸어 나왔다. 무척 피곤했지만 지치고 아픈 몸을 계속 움직였다.

코카렐로들은 다리에 다시 질서를 세우려고 하고 있었다. 사람들은 강 계곡으로 가서 헬리콥터 프로펠러에 날아가 버린 방수포와 물건들을 찾아왔다.

디에고도 체스 말 중 검은 기사 하나를 찾아서 에밀리오에게 갔다. 흡입기는 흔적도 없었다. 에밀리오는 무릎에 아기를 눕힌 채 잠들어 있었다. 디에고는 에밀리오의 손에 기사를 쥐여 주었다.

질서를 되돌리기 위해서는 할 일이 많았다. 돌무더기를 다시 채워야 했다. 깨끗한 물을 다리로, 심지어 더 높은 언덕으로 끌어 올려야 했다. 그래야 언덕에서 최루 가스에 오염되지 않도록 물을 끓여 마실 수 있었다. 최루 가스를 없애기 위해서 옷도 모두 빨아야 했다. 비누로 옷을 빠는 동안 담요를 뒤집어쓰고 있어야 한다는 의미였다. 수녀들은 일을 돕기 위해 담요와 옷을 얻으러 마을로 돌아갔다.

사람들은 눕기도 하고 앉기도 하면서 천천히 움직였다. 모두 지쳤고 폐는 아팠다. 어떤 사람들은 다리에 고무탄을 맞고 큰 멍이 생겨서 다리를 절었다.

"어떻게 되어 가지, 벌레? 넌 훌륭한 전사야. 알아?"

디에고가 다리에 앉아 있는데 다리오가 옆에 앉으며 물었다.

"난 좋은 농부가 되고 싶어요."

디에고가 말했다.

"오늘 싸우고 나면 내일은 농사를 지을 수 있을 거야. 민트 사탕 좀 줄까? 수녀들이 나눠 줬어. 목을 덜 아프게 해 줄 거래."

다리오가 비닐에 싸인 사탕을 두 개 내밀었다.

디에고는 사탕을 하나 받아 껍질을 벗겼다. 오랜만에 먹은 사탕이 아픔을 조금 달래 주었다.

"뭘 하고 싶어요?"

디에고가 갑자기 물었다. 순간, 함께 일하고 생활하고 있는데도 다리오에 대해 아무것도 모른다는 사실을 깨달았다.

"완벽한 세상에서 뭘 할 것 같아요?"

"완벽한 세상에서?"

다리오는 질문에 놀라지 않은 듯했다. 다리오는 누군가 들을까 봐 주위를 둘러보며 나지막한 목소리로 말했다.

"닭."

"닭이요?"

"여러 세대를 거슬러 올라가면 우리 모두는 광부나 소작농이나 고무 플랜테이션(서양인이 원주민 노동자의 노동력을 이용하는 기업적 농업)의 일꾼이었어. 하지만 우리 가족은 아무도 땅을 갖지 못했어. 단 한 번도. 나는 여기서 이 농장 저 농장을 돌아다니며 일거리를 얻어. 하지만 코카를 도둑맞으면 아무도 내게 일자리를 줄 수가 없어. 난 시위가 끝나면 산타크루스나 코차밤바로 가서 건설 현장의 일용직 근로자로 일해야 할 거야. 전에도 해 봤어. 하지만 난 그 일이 싫어. 난 시멘트가 싫어. 완벽한 세상에서 나는 작은 집이 있는 작은 땅을 가질 거야. 낮에는 우리 가족이 먹고 시장에 내다 팔 곡식을 기르고, 저녁에는 포치(현관에 설치한 지붕 밑)에 앉아 마당을 파헤치는 닭들을 바라볼 거야. 내 가족이 영원히 살아갈, 내 땅에 있는 내 닭 말이야. 내 조상들의 나라에서 작은 땅을 갖는 것이 너무 거창한 꿈은 아니지."

디에고의 가족도 소작농이었다. 이제는 자기 가족이 일구던 땅을 다른 사람이 쓰고 있을 거라고 디에고는 확신했다. 부모와 함께 감옥에서 나와도 돌아갈 집은 없을 것이다.

"네 꿈은 뭐야, 벌레? 완벽한 세상에서?"

다리오가 물었다.

"형의 꿈과 같아요."

디에고의 말에 다리오가 웃었다. 다리오는 야구 모자를 벗어 디에고에게 씌워 주었다.

"우리 나란히 땅을 사자. 이웃이 되는 거야."

다리오가 말했다.

디에고는 잠깐 동안 그런 일이 벌어지는 것을 상상했다.

그때, 다리오의 말이 분위기를 망쳤다.

"작살과 나는 계획이 있어……."

"나는 빼 줘요. 그리고 에밀리오도 빼 줘요."

디에고가 일어서며 말했다. 보니타는 알아서 빠질 것이다.

"왜 그래, 벌레? 싸워야 할 닭들이 너무 많아서 그래?"

뒤에서 다리오가 외치며 닭소리를 냈다.

디에고는 계속 걸어가며 야구 모자를 벗어 길에 떨어뜨렸다.

불길한 냄새

디에고는 공기 중에서 냄새를 맡았다.

단순한 두려움이나 가스 냄새, 뜨거운 도로 위에서 말라 가는 토사물의 악취 때문이 아니었다. 뭔가 문제가 터지려고 했다. 디에고는 그럴 때마다 미리 냄새를 맡곤 했다. 감옥의 재소자들과 교도관들, 같은 반의 아이들, 거리의 건달들, 사람들을 지켜보는 것에 익숙했기 때문에 맡을 수 있는 냄새였다. 그것은 아빠에게 배웠다.

디에고는 남자 감옥에 가면 아빠와 만도와 함께 마당이 내려다 보이는 발코니에 앉곤 했다. 남자 감옥에는 할 일이 많지 않아서 난간에 기대 아래에서 벌어지는 일을 지켜봤다. 축구 경기는 가끔 열렸지만 비밀스러운 일은 항상 벌어졌다.

"뭘 보니?" 아빠가 물으면 "구석의 두 사람이 싸우려는 거요.",

"나무 가게 문 옆에 있는 남자가 방금 뭔가를 훔쳤어요." 디에고는 속삭이곤 했다. 그건 일종의 게임 같았다. 지금도 뭘 보냐고 묻는 아버지의 목소리가 들리는 듯했다.

디에고는 다리오와 레온이 계획을 세우는 것을 보았다. 두 사람은 마치 크고 중요한 비밀을 지닌 것처럼 거들먹거렸다. 다투기 시작한 시위자들도 보았다. 사람들은 지쳤고, 더웠고, 두려웠다.

"전부 끝났으면 좋겠어요."

젊은 여자가 나이 든 여자에게 말했다.

"넌 별로 관심이 없잖아. 너 같은 사람들이 좀 더 강했다면 우리는 이미 승리했을 거야."

나이 든 여자가 젊은 여자를 비난했다.

디에고는 모두 허튼소리라는 걸 알았다. 그런 상황은 감옥에서 충분히 보았다. 교도관과 상대가 되지 않는 재소자들이 서로를 공격했다. 결국 모두의 기분만 나빠질 뿐이었다.

그때, 텔레비전 방송 팀이 나타나 군인들과 말다툼을 벌였다.

"당신들은 우리를 쫓아낼 권리가 없어요. 이 나라에는 아직 언론의 자유가 있다고요. 언론의 자유를 없애고 싶어요? 당장 이 사람의 대답을 녹화해요."

기자가 대위에게 말하며 카메라를 든 여자에게 지시했다.

"언론의 자유를 막으려는 것이 아니에요. 다리로 계속 간다면 당신들의 안전을 보장할 수 없다는 말을 하는 겁니다."

대위가 말했다.

"바르가스 씨를 데려와."

누군가 디에고에게 말했지만 이미 누군가가 바르가스 씨를 바리케이드로 데려오고 있었다. 다툼은 어느새 멈췄다. 시위자들은 할 수 있는 한 최고의 모습을 세상에 보이고 싶어했다. 곧 바르가스 씨가 기자들과 대화할 것이다.

디에고는 다리 위를 계속 걸어갔다. 다리 난간으로 몸을 숙이고 강을 바라보자, 로사 수녀가 아이들을 씻기며 놀아 주고 있었다.

"디에고!"

다리를 올려다보며 마르티노가 불렀다. 디에고는 다리 밑으로 가기로 했다. 휴식이 필요했다.

디에고는 곧 소리를 지르고 물을 많이 튀기는 것 외에는 아무런 규칙도, 목적도 없는 게임에 휩쓸렸다. 하지만 로사 수녀는 아이들이 강으로 깊이 들어가는 것을 원하지 않았다. 디에고도 로사 수녀를 도와 아이들을 막았다. 소리를 지르거나 바위를 흔들어서 물을 튀기고 괴물 흉내를 내면서. 아이들은 깍깍거리며 웃음을 터뜨렸다. 이 순간만큼은 일이나 감옥이나 빚이나 정의에 대해서 생각하지 않았다. 그저 어떻게 하면 최고의 괴물이 될지만 생각했다. 디에고는 최루 가스를 마셔서가 아니라 고함을 질러서 목이 아픈 척했다.

지칠 때까지 놀고 나서 모두는 바위에 앉아 흘러가는 강물을 바라보았다. 로사 수녀는 동물 노래를 가르쳐 주었다. 디에고도 진지한 노동자가 아닌 평범한 열두 살 아이처럼 함께 노래했다.

그러다 디에고는 문득 다리를 올려다보았다. 시멘트와 철근으로 만들어진 다리는 만도가 떨어졌던, 밧줄과 널빤지로 만들어진 다리만큼이나 높았다. 두 다리 모두 울퉁불퉁한 바위땅 위에 서 있었다.

'만도는 정말 무서웠을 거야, 정말 세게 떨어졌을 거야.'

디에고는 생각했다.

"노래를 부르지 않네? 어라, 울고 있잖아."

마르티노가 말했다.

디에고는 눈물을 닦고 울음을 참으려고 했지만 크게 흐느끼고 말았다. 마르티노가 위로하듯 무릎으로 올라앉았다. 모두는 잠깐 동안 그렇게 앉아 있었다.

"배고파."

마르티노의 말에 로사 수녀와 디에고는 아이들을 모아 언덕으로 데려갔다.

해가 떨어질 무렵이 되자, 확성기에서 대위의 목소리가 울려 퍼졌다.

"여러분 모두에게 전할 소식이 있습니다. 제 상관께서 오셨습니다. 가르시아 소령을 소개합니다."

확성기가 다른 사람에게 건네지는 동안 삐익 잡음을 냈다. 곧 새로운 목소리가 흘러나왔다.

"다리는 내일 동틀 때 치워질 겁니다. 장교로서, 그리고 볼리비아 사람으로서 약속합니다. 내 부하들이 먼저 공격받지 않는 한, 일출 전에는 아무 일도 일어나지 않을 겁니다. 내 부하들과 탱크들은 바리케이드 뒤에 있을 겁니다. 오늘 밤에는 언제든 해산해도 좋습니다. 아무도 여러분들을 방해하지 않을 겁니다. 체포하지도 않을 거고요. 하지만 해가 뜨면 우리는 이 다리를 되찾을 겁니다."

말이 멈추자 다시 모터들이 돌아가는 소리가 났다. 탱크와 트럭은 한쪽으로 옮겨 가고 거대한 불도저가 고속 도로 한가운데로 굴러왔다. 불도저는 북쪽 장벽 앞에 멈추고 모터를 껐다.

디에고는 시위가 끝날 것을 생각하니 기뻤다. 이곳에서 무슨 일이 벌어지든 자신에게는 점점 더 별것 아닌 것처럼 보였다. 아마도 정의는 코카렐로들 편이겠지만, 그렇다고 주머니에 돈이 들어오지는 않을 것이었다.

"음, 끝이네. 언젠가 끝내야 했어."

디에고가 근처에 서 있던 보니타에게 말했다.

"누가 여기서 나가는 걸 봤어? 누가 짐 싸는 걸 봤냐고?"

보니타가 물었다.

"사람들이 남아 있을 거라는 소리야? 무슨 일이 벌어질지 알면서도?"

"이건 우리 삶을 위한 거야. 네 삶이 아니라 우리 삶이라고. 넌 가고 싶으면 가."

보니타가 말했다.

평소와는 달리 비웃음 같은 건 찾아볼 수 없었다.

"너는 돌아가야 할 가족이 있지만 내 가족은 여기 있어. 너는 가도 괜찮을 거야."

"아침에 무슨 일이 벌어질까? 군대가 무슨 짓을 할까?"

디에고가 말했다.

"몰라. 하지만 에밀리오는 알겠지. 물 시위에도 참가했었잖아. 에밀리오한테 물어보자."

보니타가 말했다.

두 사람은 다리에서 에밀리오를 찾다가 산등성이로 갔다. 하지만 에밀리오는 어디에도 없었다.

디에고는 불 옆에 있는 나이 지긋한 여자에게 가서 물었다.

"에밀리오를 봤어요? 바르가스 씨의 아들이요."

"바르가스 씨의 아들? 그 착하고 예의 바른 소년? 좀 더 나이 먹은 남자들과 같이 갔는데, 예의라고는 없는 녀석들이었지."

여자가 막대로 불을 쑤시면서 대답했다.

"다리오와 레온 말인가요? 다리오와 레온이군요, 부인! 그들을 말렸어야죠!"

디에고는 몸을 숙이고 여자의 얼굴에 소리를 질렀다.

"뭐 하는 거야?"

보니타가 디에고를 잡아끌며 여자에게 사과했다.

"그들을 찾아야 해. 다리오와 레온은 뭔가를 꾸미고 거기에 에밀리오를 끌어들인 거야. 에밀리오는 결국 총을 맞을 거라고!"

디에고가 말했다.

엄청난 공포가 밀려왔다.

"에밀리오는 그렇게 바보가 아냐."

보니타가 말했다.

"에밀리오는 아빠가 자기를 자랑스러워하길 바라."

"뭐?"

디에고도 이해할 수가 없었다.

"에밀리오가 언제 같이 갔어요? 어디로 갔어요?"

디에고가 여자에게 물었다.

"나도 바빠. 사람들이 왔다 갔다 하는 것을 내가 어떻게 아냐고."

여자가 불을 쑤시던 막대를 디에고에게 흔들었다.

보니타는 무릎을 꿇고 여자에게 케추아어로 상냥하게 물었다. 그러자 여자는 보니타의 뺨을 쓰다듬으며 대답했다.

"너는 착한 아이구나. 너는 예의를 알아."

보니타가 디에고의 팔을 잡았다.

"이쪽이야."

디에고와 보니타는 아이들을 달래고 있는 부모들을 지나 탁 트인 산등성이를 달렸다.

"바르가스 씨를 불러올까?"

디에고가 달리면서 물었다.

"그럴 시간 없어. 그보다, 더 빨리 달릴 수는 없어?"

보니타가 말했다.

산등성이는 숲으로 이어졌다.

"오솔길이 있을 거야. 찾아보자."

보니타가 말했다.

이미 밤이었고 달도 없었다. 디에고와 보니타는 숲의 가장자리를 따라서 오솔길의 입구를 찾아 헤맸다. 결국 지친 보니타는 무작정 나무들 속으로 뛰어들었다.

"기다려! 같이 가!"

디에고가 외쳤다. 길을 잃으면 큰일이었다.

디에고와 보니타는 우연히 고속 도로 남쪽으로 이어지는 길을 찾아냈다. 길로 들어서니 어느새 나무 사이 밑으로 트럭과 불도저들이 보였다. 군인들은 웃고 떠들면서 저녁 식사를 하고 라디오로 음악을 듣고 있었다.

"저 아래 어딘가에 있을 거야. 레온이 몰래 들어가서 공격하자는 말을 했어."

디에고가 말했다.

"이 일을 알고 있었어? 왜 다른 사람에게 말하지 않았어?"

보니타가 디에고의 팔을 찰싹 때리며 속삭였다.

"그냥 하는 말인 줄 알았어."

"축하해. 너의 친구가 또 죽을지도 모르겠네."

"그런 일은 없을 거야!"

디에고가 단호하게 보니타를 밀치고 지나갔다. 보니타는 넘어지고 말았다. 디에고는 보니타가 일어나서 뒤따라오는 소리를 들었지만 기다리지 않았다. 에밀리오를 찾아야만 했다.

언덕은 꽤 가팔랐고 불빛이 거의 없어서 어디를 걷고 있는 건지 알 수 없었다. 디에고의 발이 미끄러지면서 흙과 돌들이 강둑으로 떨어졌다. 디에고와 보니타는 군인들이 그 소리를 듣고 총을 쏠까 봐 제자리에 얼어붙었다. 하지만 군인들은 먹고 떠드느라 아무것도 알아차리지 못했다.

디에고는 엉덩이로 기면서 조금씩 군인들 쪽으로 다가갔다. 그리고 어둠 속에서 에밀리오와 다리오와 레온을 찾기 위해 눈을 크게 떴다. 마침내 말다툼하는 다리오와 레온이 보였다.

"내가 만들었잖아! 내가 던져야 한다고!"

"우리 둘이 만들었잖아. 누가 휘발유를 구했지?"

다리오가 말했다.

"누가 병을 구했지?"

"누가 병을 하나 깨뜨렸지?"

다리오가 씩씩거리며 받아쳤다.

"계획대로 하자. 에밀리오, 이걸 가지고 불도저 아래로 기어 들어가서 불을 붙여. 그리고 폭파하기 전에 미친 듯이 기어 나와. 불도저가 터지자마자 내가 이걸 던질게."

어느새 디에고 옆에 서 있던 보니타가 언덕을 기어 내려가는 에밀리오의 그림자를 가리켰다.

"가서 데려와. 두 사람은 내가 맡을게."

보니타는 그렇게 말하고 다리오와 레온에게 가 버렸다.

라디오에서 댄스 음악이 나오자 한 군인이 소리를 키웠다. 음악 소리는 디에고가 언덕을 미끄러져 내려가는 소리를 감춰 주었다.

디에고는 불도저 앞에 에밀리오와 동시에 도착했다. 다리오와 레온이 소리를 지르는 순간, 디에고는 에밀리오를 땅에 쓰러뜨렸다. 보니타가 다리오와 레온을 놀라게 한 것이 분명했다.

군인들이 벌떡 일어나 움직였다. 디에고는 에밀리오와 함께 트럭 아래로 굴러 들어가 몸을 숨겼다. 그리고 휘발유가 가득한 병을 잡아 길 아래로 멀리 굴렸다.

스포트라이트가 언덕을 비췄다. 군인들이 뛰어 올라와 다리오와 레온을 잡았다. 디에고는 두 사람이 언덕 아래로 끌려가는 것을 보았다. 다리오는 여전히 휘발유 병을 잡은 채였다.

군홧발들이 트럭 주위에서 분주하게 움직였다. 군인들이 다리 북단에 있는 대위에게 무전을 보내는 동안 여기저기서 고함 소리가 터져 나왔다. 디에고는 두려움에 떨면서 군인들이 보니타를 언덕 아래로 데려오기를 기다렸다. 하지만 그런 일은 일어나지 않았다. 보니타는 달아난 것이다.

이제 트럭에서 나와야 했다. 디에고는 트럭 아래로 고개를 내밀어 밖으로 나와도 안전한지 확인하고는 에밀리오에게 손을 내밀었다. 두 소년은 나무 아래로 돌아왔다.

"네가 우리 계획을 망쳤어! 네가 모든 것을 망쳤다고!"

에밀리오가 디에고에게 주먹을 휘둘렀다. 디에고는 주먹을 피하고 에밀리오의 주먹질에 맞서서 두 팔을 들었다. 그 때, 뒤에서 보니타가 나타났다.

"넌 바보야. 돌아가는 것이 좋겠어."

보니타가 에밀리오를 잡아당기며 말했다.

"두 남자가 화염병을 들고 몰래 군인들에게 접근했다가 체포되었습니다. 또 이런 사건이 벌어진다면 동이 트기 전에 사전 경고 없이 다리를 치우겠습니다."

디에고, 보니타, 에밀리오가 나무들 사이를 지나 산등성이를 오르는데 소령의 목소리가 들려왔다. 그리고 세 사람 앞에는 바르가스 씨가 서 있었다.

"네가 다리오와 레온과 함께했다는 말을 들었다. 정말 걱정했어! 다시는 그런 짓을 하지 마!"

바르가스 씨는 아들을 힘껏 안고는 디에고와 보니타를 보았다.

"고맙다!"

바르가스 씨와 에밀리오가 불 옆으로 가서 앉았다.

"아슬아슬했어."

보니타가 다리로 향하면서 말했다.

디에고는 불 옆에 함께 앉아 있는 바르가스 씨와 에밀리오에게서 눈을 떼지 못했다. 바르가스 씨가 아들에게 다정하게 말하면서 머리를 쓰다듬고 정수리에 입을 맞추었다. 에밀리오가 얼굴을 돌리는 순간, 바르가스 씨가 눈물을 닦았다.

바르가스 씨는 아들 에밀리오를 사랑했다. 에밀리오가 많이 아파도 사랑했다. 어리석은 실수를 저지를 때도 사랑했다.

알 수 없는 내일

어떤 사람은 잠을 자고 어떤 사람은 잠들려고 애썼지만 잠자기에 좋은 밤이 아니었다.

"내일을 위해서 휴식이 필요해."

누군가가 말했다.

"내일이 끝일 수도 있어. 잠은 죽으면 잘 수 있고."

또 다른 누군가가 말했다.

기온이 떨어졌다. 리카르도 부인은 디에고에게 판초(천 중앙에 뚫린 구멍으로 목을 넣어 입는 옷)를 주었다. 최루 가스와 당나귀 냄새가 났지만 판초가 따뜻하게 안아 주는 것 같았다. 디에고는 너무 피곤해서 오히려 자지 못했다. 그래서 보니타를 찾으러 갔다.

기타와 삼뽀냐 연주자들이 달콤하고 슬픈 밤의 음악을 연주했다. 보니타는 가까운 다리 난간에 기대앉아 있었다. 디에고가 옆에 앉아도 뭐라고 하지 않았다.

"몇몇 사람들이 떠났어. 자신들의 농장으로 말이야. 다른 사람들은 아침에 떠날 거야."

보니타가 말했다.

"그 사람들을 욕할 수는 없어. 여기 남아 있다고 해서 그 사람들의 문제가 해결되는 것도 아니잖아. 아침에 무슨 일이 벌어지든 네 이웃집 아이들은 신발을 신지 못할 거야."

디에고가 말했다.

"너도 가야 해."

보니타가 말했다.

"그래. 가야 해."

디에고가 동의했다. 하지만 움직이지 않았다.

"네 가족은 너를 믿어. 네가 첫째잖아. 네게는 책임이 있어. 너는 아침이 오기 전에 떠날지 말지를 고민해야 해."

디에고가 말했다.

"네 말이 맞아."

보니타가 동의했다. 비꼬는 것도 아니었다.

"부모님 중에 한 분이 돌아가시면 남은 분은 나 없이 힘드실 거야. 아빠가 돌아가시면 내가 농장 일을 떠맡아야 해. 엄마가 돌아가시면 내가 마르티노와 산토를 돌봐야겠지. 언젠가는 벌어질 일들이야. 언젠가 부모님은 돌아가시겠지. 내일이든 나중이든. 일은 벌어져. …… 하지만 떠나는 것이 더 쉬울 테니까 나는 머물 거야. 항상 떠나는 것이 더 쉬울 테니까 나는 머물 거야. 내가 지금 떠난다면 어딘가에 머물기가 점점 힘들어지겠지. 난 어딘가로 떠나느라 인생을 낭비하겠지."

두 사람의 어깨가 닿았다.

디에고는 항상 같은 결정을 하게 되는 것은 아니라고 말해야 했다. 하지만 아무런 말도 하지 않았다. 보니타의 말이 무슨 의미인지 알았다. 디에고는 감옥에서 스스로를 돌보지 않기로 결정한 어른들을 보곤 했다. 그 어른들은 씻지 않고, 생각하지 않고, 노력하지 않았다. 한 번의 결정이 깨뜨리기 힘든 습관을 만든 것이다.

"머물 거야?"

보니타가 물었다.

디에고가 스스로에게 그 질문을 던질 시간이었다. 아마 다리의 북쪽 마을에서 일자리를 구해 몇 푼의 볼리비아노로 집까지 차를 얻어 탈 수 있을 것이다. 그것이 디에고가 코차밤바를 떠난 이유이기도 했다. 계획에는 최루 가스를 마시고 총을 맞는 것은 포함되지 않았다. 여기에 자신을 잡아 둘 것은 없었다. 사실 떠나는 것이 더 현명할 것이다.

하지만 만약 이곳을 떠나겠다고 부모님에게 말한다면? 부모님은 그래야 한다고, 무엇보다 너의 안전이 중요하다고 말했을 것이다. 그 말은 진심일 것이다. 부모님이니까. 하지만 그렇게 말하는 부모님의 눈에는 뭔가가 있었을 것이다. 실망도 아니고 자부심도 아닌 무언가가.

"머물 거야."

디에고가 말했다.

보니타는 아주 오랫동안 아무 말도 하지 않았다. 디에고는 보니타가 잠들었다고 생각했다.

"무서워?"

갑자기 보니타가 물었다.

"그래."

"나도 그래."

보니타가 디에고의 손을 잡았다. 두 사람은 그렇게 앉아서 밤의 음악과 함께 새벽을 기다렸다.

지지 않는 잎

강에서 피어오른 짙은 안개와 함께 새벽이 밝았다. 이내 아침은 느리게 회오리 치는 회색 안개로 다리를 에워쌌다.

"디에고, 여기 누가 찾아왔어."

누군가가 북쪽 바리케이드에서 디에고를 불렀다.

디에고는 잠에서 깨어나 눈을 문지르고 일어섰다. 보니타는 이미 없었다. 다리 위에서 사람들이 천천히 움직이고 있었다.

디에고가 아침의 어스름을 헤치며 북쪽 바리케이드로 가자, 대위가 기다리고 있었다.

"괜찮니?"

대위가 물었다.

디에고는 대답하지 않았다. 대위는 시위 첫날, 자신의 친구들을 쏘려 했던 사람이었다.

"코차밤바로 돌아가라는 명령을 받았어. 그래서 난 아침에 떠날 거야. 아니, 사실은 지금 떠나. 나와 함께 가자."

대위가 말했다.

디에고는 너무 놀라서 바로 대답하지 못하고 다리의 사람들을 돌아보았다.

"저는 그럴 수가……."

"디에고, 상황이 나빠질 거야. 소령은 나처럼 숫자나 세고 겁이나 주지는 않을 거야. 분명 다리를 정리할 거야! 무슨 소용이……."

"아저씨는 우리를 총으로 쏘라는 명령은 하지 않았을 건가요?"

"물론이지."

디에고는 대위를 믿었고, 대위의 대답에 기뻤다. 디에고는 대위의 제안을 생각해 보았다. 그러다 보니타와 리카르도 가족, 바르가스 씨와 에밀리오를 생각했다. 모두는 여기에 머물 것이다. 그들에게는 안전한 곳으로 데려다줄 사람이 없었다.

"떠날 수 없어요."

디에고가 말했다.

"조심해라. 내게 아들이 있다면 너 같았으면 좋겠구나."

대위가 디에고와 악수를 하고 돌아섰다.

"대위님? 코차밤바는 어느 길이죠?"

디에고가 대위를 다시 부르자, 대위가 뒤쪽에 있는 언덕을 가리켰다.

"그냥 고속 도로를 따라와."

대위가 말했다. 그러고는 손을 흔들며 떠나갔다.

디에고는 다리로 돌아왔다. 코카렐로들은 해가 뜨기 전에 마지막 회의를 하기 위해 모여들었다.

"동료들, 농부들, 친구 여러분 모두에게 할 말이 있습니다."

바르가스 씨의 목소리는 모두를 하나로 모았다. 바르가스 씨는 에밀리오 어깨에 팔을 두르고 확성기 없이 말했다. 바르가스 씨의 말이 안개 속에 갇혀 사람들 위를 맴돌았다. 디에고는 바르가스 씨의 목소리를 들으려고 가까이에 모인 사람들 틈에 끼었다.

"예전에는 우리 같은 사람들이 볼리비아 관리를 만나려면 먼저 DDT(살충제)부터 뿌려야 했습니다. 우리가 이와 세균을 퍼뜨릴까 봐 두려워했던 거죠. 그리 오래전의 일이 아닙니다. 그런데 이제 우리는 나라를 멈춰 세울 만큼 강해졌습니다. 언젠가 우리는 이 나라를 다스릴 것이고 우리를 얕보던 사람들조차 우리와 평등하게 만나게 될 것입니다. 오늘 여기 모인 우리에게는 몸과 용기 외에 아무것도 없습니다. 우리는 함께 행동함으로써 우리가 강하다는 것을 세상에 보여 줬습니다."

디에고는 사람들이 "우리는 강하다!", "연대!"라고 외치는 것을 들었다. 하지만 목소리는 크지 않았다. 너무나도 엄숙한 순간이었다.

"우리는 아주 오랫동안 투쟁해 왔습니다. 가난한 사람들이 땀 흘려 일하는 땅을 찾기 위한 투쟁. 자원을 찾기 위한 투쟁. 삶을 찾기 위한 투쟁. 이것은 이집트 히브리 노예들의 투쟁입니다. 아파르트헤이트(남아프리카 공화국의 극단적 인종차별 정책)를 끝내려는 남아프리카 사람들의 투쟁입니다. 역사적으로는 착취하는 부자들에게서 스스로를 해방시키려는 모든 노동자들의 투쟁입니다."

바르가스 씨는 시위자들이 만든 작은 원 안을 돌아다니며 사람들의 얼굴을 똑바로 들여다보고 말했다.

"코카렐로는 어느 누구도 부유하지 않습니다. 우리는 가족을 먹여 살리기 위해, 우리 아이들을 학교에 보내기 위해 투쟁합니다. 우리의 삶은 결코 편하지 않을 겁니다. 하지만 무덤에 가기 직전, 마지막 숨을 들이쉬고 마지막 생각들을 하면서 우리가 존엄하게 살아왔다는 것을, 우리를 필요로 하는 사람들의 편이 되어 왔다는 것을 깨달을 겁니다. 아주 중요한 투쟁이 곧 시작됩니다. 하지만 이것이 우리의 마지막 투쟁은 아닙니다. 오늘 정부가 우리에게 무엇을 하는지는 중요하지 않습니다. 우리는 겁먹을 수 없습니다. 우리는 침묵할 수 없습니다. 그리고 우리는 멈출 수 없습니다."

사람들이 용기를 되찾으면서 승리를 외치는 말도 조금씩 커졌다. 디에고는 리카르도 가족과 팔을 두르고 함께 섰다. 리카르도 가족은 다른 사람들과 나란히 어깨를 맞대고 섰다. 그렇게 사람들은 서로 몸을 부딪치면서 다른 사람에게서 힘을 얻었다. 디에고는 다른 코카렐로들과 함께 서서 든든한 기분이었다.

모두는 아주 피곤했고, 아주 배고팠고, 아직도 최루 가스 때문에 눈과 목이 화끈거렸다. 하지만 디에고는 그것보다 중요한 뭔가가 곧 일어날 것을 알았다. 두렵기도 하고 두렵지 않기도 했다. 어쨌든 이 순간만은 행복했다.

사람들이 흩어졌다. 곧 해가 뜰 것이다. 디에고는 다리에서 사람들과 함께 담요와 다른 물건들을 주웠다. 시위에서 달리다가 넘어지지 않기 위해서였다.

디에고는 사람들에게서 긴장감을 느꼈다. 사람들의 얼굴에서 차분하면서도 단호하고 신성한 투지가 보였다. 디에고는 자신이 스스로에게 했던 질문을 사람들도 스스로에게 하고 있을지 궁금했다.

'저 사람은 용감할까? 하루가 끝날 무렵에는 스스로가 자랑스러울까? 형제자매와 함께 서 있을까?'

디에고는 그럴 것이라고 생각했지만 모든 것이 끝날 때까지는 확실하지 않았다.

디에고는 아이들을 보살피는 사람들이 머무는 산등성이로 담요를 날랐다. 산등성이에는 로사 수녀가 사람들과 응급실을 만들고 있었다. 담요는 산등성이로 옮겨질 부상자들에게 요긴할 것이다. 디에고는 로사 수녀 옆에 무릎을 꿇고 함께 담요들을 폈다.

"수녀님은 가야 해요. 다른 수녀님들도요. 해가 금세 뜰 거예요."

디에고가 말하자 로사 수녀는 환하게 미소 지으며 디에고의 눈에서 머리카락을 떼 주었다.

"우리는 우리가 있어야 할 곳에 있는 거야."

로사 수녀는 전혀 무서워 보이지 않았다. 디에고도 수녀에게 미소 지었다. 미소 덕분에 더욱 용기가 솟았다.

디에고는 다리로 돌아왔다. 엔진 기름 냄새가 풍겼다. 이제 군대는 남쪽 장애물 근처까지 다가와 있었다. 디에고는 남쪽 장애물 뒤에 자리를 잡고, 최루 가스에 단단히 대비했다. 반다나를 식초에 적시고 목에 단단히 묶어서 가스가 날아오면 바로 코와 입 위로 끌어 올릴 참이었다.

군인들은 다리를 접수하라는 명령에 대비하고 있었고, 디에고의 뒤에서는 코카렐로들이 모두 괜찮을 거라며 스스로를 안심시키고 있었다. 모두가 다리 위에 함께 누울 계획이었다.

'군대가 사람들을 그대로 밟고 지나가면 어떡하지?'

디에고는 걱정스러웠다.

"엄마들이 아기들과 길을 막기로 했어."

보니타의 말대로 리카르도 부인을 비롯한 다른 엄마들이 군대와 남쪽 장애물 사이의 텅 빈 고속 도로로 걸어 나왔다. 엄마들은 머리에 볼러햇을 쓰고 아기를 팔에 안거나 아구아요로 등에 업고 있었다. 그리고 군대와 몇 걸음 떨어진 곳에 당당하게 앉아서 아기를 돌보거나 노래를 불러 주었다.

"뭘 하는 거죠?"

디에고가 물었다.

"군대를 부끄럽게 해서 스스로 멈추게 하려는 거지."

리카르도 씨가 덧붙였다.

"그러기를 바라."

거의 리카르도 씨 자신에게 하는 말 같았다.

"마르티노는 어디 있어요?"

"산등성이에서 붕대를 감아. 여기서는 마르티노를 일일이 따라다닐 수가 없어서 보냈어."

강 위의 하늘이 밝아지기 시작했다. 해가 뜨고 있었다.

"마지막 경고입니다. 여러분이 이곳을 떠날 마지막 기회입니다. 우리는 이 다리를 찾을 겁니다."

확성기에서 소령의 목소리가 울려퍼졌다.

이제 태양은 완전히 떠올랐다. 디에고는 모터의 회전 속도가 빨라지는 소리를 들었다. 디에고는 수건을 코와 입으로 끌어 올렸다. 그러면서 군인들이 방독면을 쓰고 총을 겨누며 전진하는 모습을 지켜보았다.

불도저가 고속 도로에 자리 잡은 여자와 아이들에게 다가왔다. 디에고는 몇몇 아기들의 울음소리와 엄마들의 노랫소리를 들으며 리카르도 씨와 보니타의 손을 잡았다. 불도저 삽날이 리카르도 부인과 산토, 그리고 다른 사람들에게 점점 가까워졌다. 디에고는 두려움에 떨며 잡은 손을 더욱더 세게 움켜쥐었다.

그때, 불도저가 멈췄다.

길옆의 텔레비전 카메라가 모든 것을 찍고 있었다. 불도저 뒤에서 수백 명, 아니 그 이상의 군인들이 방독면으로 얼굴을 가린 채 줄지어 나왔다. 군인들은 여러 명이 함께 엄마와 아기 한 명, 한 명을 길 밖으로 들어낸 다음 군대 뒤로 데려갔다. 엄마들은 군인들과 싸우지 않았고 돕지도 않았다. 군인들이 알아서 그 모든 일을 해야 했다.

디에고는 리카르도 씨가 안도의 한숨을 내쉬는 것을 알았다.

"부인들이 체포되고 있어. 괜찮을 거야."

리카드로 씨가 말했다.

오래지 않아 군인들이 여자와 아기들을 모두 데려갔고, 불도저가 남쪽 장애물을 박살 내기 시작했다. 첫 번째 최루 가스 통들이 다리 위에 떨어졌다. 사람들은 재빨리 통들을 집어 던졌다. 디에고의 눈이 따끔거리기 시작했다.

디에고는 다리 반대편에서는 무슨 일이 벌어지고 있는지 확실히는 몰랐지만 같은 일이 벌어지고 있을 거라고 추측했다. 기계의 소음이 앞뿐만 아니라 뒤에서도 들려왔기 때문이다. 곧이어 헬리콥터가 나타났다. 프로펠러 덕분에 최루 가스가 조금 날아갔다.

불도저는 디에고와 다른 사람들이 힘들게 만든 바리케이드를 쉽게 무너뜨렸다. 군대가 전진하는 동안 코카렐로들은 다리 중앙으로 후퇴했다. 더 많은 최루 가스 통이 날아들었다. 그 중 하나가 디에고 근처에 떨어졌다. 디에고는 최루 가스 통을 들어 던지다가 가슴에 끔찍한 아픔을 느꼈다. 결국 디에고는 땅에 쓰러졌다.

'총을 맞은 걸까?'

가슴이 너무 아팠다. 총소리와 함께 다른 사람들이 근처에 쓰러지는 것이 보였다.

"모두 누워."

바르가스 씨가 외쳤다.

디에고가 고개를 들자, 텔레비전 카메라에 바르가스 씨의 얼굴이 보였다. 군인들이 사람들을 넘지 않고는 한 걸음도 움직일 수 없을 때까지 바르가스 씨의 주위로 사람들이 누웠다.

디에고는 방독면을 쓴 군인이 자신을 들어 다리 밖으로 옮기는 것을 느꼈다.

끝났다.

시위는 끝났다.

다시 만난 코차밤바

"어디가 아프니?"

디에고는 로사 수녀의 목소리를 들었다. 눈을 뜨자 로사 수녀가 몸을 숙이고 있었다.

"가슴이니? 좀 보자."

다리에서 끌려온 코카렐로 모두는 유치장에 잡혀 있었다. 군인들이 휴대용 울타리와 가시철망으로 고속 도로에 만든 임시 유치장이었다.

"성당으로 돌아가요."

처음 수녀들이 부상자들을 치료하겠다고 했을 때, 군인들은 허락하지 않았다.

그러자 로사 수녀와 후아니타 수녀가 군인들 앞에 앉아 움직이지 않았고, 결국 군인들은 수녀들을 들어 유치장에 들여보냈다.

마리아 수녀는 산등성이에서 아이들과 체포되지 않은 부상자들을 돌보고 있었다.

"고무탄에 맞았어. 갈비뼈가 부러진 것 같아. 만약을 대비해서 붕대를 감을게. 최대한 빨리 의사에게 진찰받아."

로사 수녀가 말했다.

디에고는 언제 의사에게 진찰을 받게 될지 알 수 없었다. 하지만 가슴에 붕대를 감자 아픔이 조금 나아졌다.

"크게 멍이 들겠지만 괜찮을 거란다."

로사 수녀는 디에고가 셔츠를 입도록 도와주며 말했다.

유치장 안에는 시위자들이 아주 빽빽하게 모여 있었다. 디에고는 누군가에게 기댔고 누군가도 디에고에게 기댔다. 아무것도 할 일이 없었고, 쉴 수 있었다.

순식간에 군인들과 불도저가 다리에서 시위대의 흔적을 모두 없애 버렸다. 바위와 나뭇가지, 방수포와 낡은 타이어들은 모두 숲으로, 강둑으로 치워졌다. 오래지 않아 차들도 다시 다리를 건너다니기 시작했다.

"모두 괜찮아요?"

바르가스 씨가 유치장 안을 돌아다니며 물었다. 날아오는 가스통과 고무탄에 다친 사람들이 많았다. 어떤 사람들은 군인들을 피하려다 넘어져서 긁히고 삐었다.

"다시 한번 인사할게. 내 아들을 말려 줘서 정말 고마워. 하마터면 죽었을 수도 있어. 왜 그런 바보 같은 짓을 하려 했는지 모르겠구나."

바르가스 씨가 디에고를 보고 말했다.

"아저씨, 에밀리오에게 말해 주세요. 아빠는 네가 자랑스럽다고."

디에고가 눈을 감고 말했다. 왠지 눈을 감으면 가슴이 그렇게 아프지 않았다.

"나는 내 아들이 자랑스러워. 그 애도 알고 있어."

바르가스 씨가 말했다.

"다시 말해 주세요."

디에고가 말했다. 머리에 바르가스 씨의 손길이 느껴졌다. 바르가스 씨는 멀어져 갔다.

가족들은 서로를 찾아 함께 앉았다. 리카르도 가족도 디에고를 찾았다. 리카르도 가족과 디에고는 앉아서 졸기도 하고 지나가는 차와 트럭과 버스를 쳐다보기도 했다. 디에고는 잠을 잤다. 하지만 가끔씩 깜짝 놀라서 깼다. 뭔가를 해야 한다고 생각했지만 할 일이 없었다.

그날 낮이었다. 소령이 유치장으로 와서 바르가스 씨에게 대화를 하자고 했다. 두 남자는 잠시 동안 이야기했다. 곧 바르가스 씨가 회의를 소집했다.

"고속 도로를 다시 막지 않겠다고 약속하면 풀어 주겠답니다."

"얼마 동안 약속을 지켜야 하죠?"

누군가 물었다.

"그건 말하지 않았어요. 볼리비아 전체에서 차량들이 다시 움직이고 있어요. 장애물이 모두 치워졌지만 그렇다고 사람들이 포기한 것은 아닙니다. 어떤 사람들은 라파스로 행진하고 있어요. 어떤 사람들은 힘을 모으고 있어요. 다음을 준비하는 거죠. 이 결정은 우리 모두에게 영향을 미칠겁니다. 우리가 소령의 제안에 동의한다면 약속을 지켜야 합니다. 정부는 거짓말을 하지만 우리는 거짓말을 해서는 안 돼요."

사람들이 이야기를 하고 토론을 했다. 하고 싶은 말을 모두 했지만 결과는 분명했다. 이제 저항할 시간, 농장으로 돌아가 다시 삶을 꾸릴 시간이었다. 코카렐로들은 오늘 도로를 다시 막지 않겠다고 맹세했다. 소령은 다른 무엇도 요구하지 않았다.

코카렐로들은 한 번에 몇 명씩 유치장에서 풀려났다.

"집으로 돌아가요. 여기 남아 있으면 체포될 겁니다."

사람들은 지쳤다. 집에 돌아갈 시간이었다.

오후가 끝나갈 무렵, 리카르도 가족도 풀려났다. 디에고도 함께였다. 바르가스 씨는 다른 사람들이 모두 풀려날 때까지 유치장에

남겠다고 했다.

"디에고."

유치장 안에서 바르가스 씨가 불렀다. 디에고가 울타리로 가자, 바르가스 씨가 철망 사이로 종이를 건넸다.

"코차밤바에 있는 협회 본부의 주소야. 우리는 너처럼 훌륭한 심부름꾼이 필요해. 물론 돈도 주고. 방과 후에 하면 돼."

"고맙습니다!"

철창 사이로 디에고와 바르가스 씨는 악수를 했다.

"에밀리오에게 작별 인사를 전해 주세요."

디에고가 말했다.

"너도 에밀리오를 다시 만나게 될 거야. 화도 식을 거야. 너희 둘은 좋은, 아주 좋은 친구가 될 거야."

디에고는 다시 리카르도 가족에게 왔다.

"농장으로 돌아가자. 우리 농장에서 좀 쉬어."

리카르도 씨가 설득했다.

"그리고 일도 하고."

보니타가 말했다.

"집에 가야죠."

디에고가 말했다.

디에고는 작별 인사 대신 그냥 보니타를 포함한 리카르도 가족

모두를 안아 주고 다리로 갔다.

고속 도로에는 다시 차와 트럭들이 달리고 있었다. 그중 한 대가 자신을 태워 줄지도 몰랐다. 군인들은 개통된 차선에서 교통정리를 하고 있었다. 디에고는 다리를 건넜다. 마지막으로 건너는 다리였다. 디에고는 다리 북단에서 뒤를 한 번 돌아보고는 계속 걸었다. 가족이 기다리고 있었다.

디에고는 마을로 가서 중간까지라도 차를 얻어 타 볼 계획이었다. 어두워지기 전에 최대한 멀리 가고 아침이면 다시 걷기로 했다. 밖에서 혼자 자는 것은 무섭지 않았다. 그 순간 디에고는 그 어떤 것도 무섭지 않았다. 그저 계속해서 걸었고, 나무들 사이로 작은 성당의 꼭대기를 보았다. 점심을 먹지 못할 대머리 신부가 생각나서 웃음이 났다.

그런데 디에고가 굽이를 도는 순간, 지프 앞 덮개에 올라앉아 있는 남자가 보였다. 대위였다.

"이제 거의 포기할 참이었어."

대위가 말했다.

"저를 기다리시는 거예요?"

"네가 코차밤바까지 걸어가고 싶지 않다면. 어때, 같이 갈래?"

디에고는 가슴의 붕대를 느꼈다.

"네. 같이 가요."

디에고는 지프에 올라탔다. 뒷좌석에는 음식과 물이 있었다. 대위는 시동을 걸었고, 곧 고속 도로를 달리기 시작했다.

대위가 지프를 몰고 산세바스티안 광장에 들어설 무렵, 아침 해가 코차밤바를 깨웠다. 디에고가 기억하고 있는 그대로였다. 한가운데 정원과 분수가 있는 공원, 햇빛 속에서 자는 떠돌이 개들, 노점에서 비스킷과 사탕을 파는 아이마라족 여자, 돌로 지은 보기 싫은 여자 감옥과 남자 감옥, 남자 감옥 앞에 쌓인 가구와 개집들.

"며칠 후에 올게. 내가 함께 들어가 줄까?"

대위가 말했다.

디에고는 고개를 흔들었다.

"네 가족이 너를 보면 기뻐할 거야. 정말 기뻐할 거야."

이제 디에고는 감옥들 맞은편의 모퉁이에 홀로 서 있었다. 감옥의 돌 벽 뒤에는 자신을 안아 주고, 입을 맞춰 주고, 울어 줄 엄마가 있었다. 하지만 디에고는 먼저 아빠를 보러 갈 것이다. 그리고 만도의 아빠도.

디에고는 깊게 숨을 들이쉬고 길을 건넌 다음 남자 감옥 안으로 들어갔다.

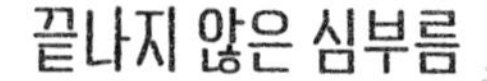

끝나지 않은 심부름

공원에서 지낸 지도 벌써 삼 일째였다.

디에고는 콜론 광장 공원의 잔디 위에 누워 햇빛을 쬐고 있었다. 옆에는 거리에서 뒹굴며 아무런 의욕 없이 본드만 흡입하는 소년들이 있었다. 디에고는 이제 이 계획이 성공할지 반신반의하기 시작했다.

대위가 오솔길 건너편에 있는 분수대 옆 벤치에 앉아 신문을 읽는 척했다. 대위는 검은 안경을 쓰고 사복을 입고 있었다. 때때로 일어나서 어슬렁거리거나, 벤치를 이곳저곳 바꿔서 앉거나, 모자를 써서 모습을 조금 바꾸거나 했다.

대위에 비하면 디에고의 역할은 훨씬 쉬웠다. 그냥 잔디 위에 누워서 바보처럼 보이기만 하면 되었다.

디에고의 부모는 몇 가지 약속을 받고 대위와 디에고의 계획을 허락해 주었다. 디에고가 코차밤바에 돌아온 지도 일주일이 지났다. 디에고는 대부분의 시간을 감옥에서 가족과 보냈다. 디에고의 부모는 디에고를 다시는 보이지 않는 곳에 내놓고 싶어 하지 않았다. 하지만 대위가 디에고의 부모에게 일 분도 빼놓지 않고 디에고를 지키겠다고 약속했다. 디에고도 죽은 만도를 위해 뭔가를 해야 한다고 말했다. 마침내 디에고의 부모가 허락했다.

"하룻밤 만에 이뤄질 일이 아냐. 사법 시스템은 실수를 인정하기 싫어하거든. 하지만 나는 포기하지 않을 거야."

대위는 디에고의 부모가 감옥에서 나올 수 있게 노력하고 있었다. 마약 조직을 무너뜨리면 대위의 힘은 훨씬 강해질 것이다. 그래서 디에고와 대위는 공원에서 며칠을 보냈다. 대위는 디에고를 지키고, 디에고는 구덩이에서 코카 잎으로 코카 반죽을 만드는 일에 거리의 소년들을 동참하게 하려는 사람들을 찾으면서.

두 사람 모두를 지키는 것은 대위의 명령을 받는 장교들이었다. 장교들도 모두 사복 차림이었고, 신호를 받으면 언제든 뛰어들 준비를 하고 있었다.

광장은 가게와 사무실에서 나오는 사람들로 점점 붐볐다. 점심 시간에 나무 아래에서 쉬려는 것이었다. 덩달아 아이스크림과 오렌지 주스를 파는 사람들도 바빠졌고 성당은 정오 미사에 사람들을 불러 모으기 위해 종을 울렸다.

디에고가 뜨거운 햇빛 속에서 나른해지려는 순간이었다.

멀리서 아는 얼굴의 남자가 보였다. 디에고는 일어나서 더 자세히 보고 싶었다. 하지만 그냥 꼼짝 않고 지켜보았다.

디에고가 대위에게 작게 고개를 끄덕였다. 자신이 보고 있는 곳을 보라는 신호였다. 대위도 고개를 작게 끄덕였다. 두 사람은 남자가 본드 소년들과 디에고에게 곧장 다가올 때까지 잠자코 기다렸다.

디에고는 눈만 빼고 얼굴 전체를 팔꿈치에 묻었다.

이번에는 뭔가 쉬울 것이다.

이번에는 뭔가 이루어질 것이다.

광장을 걸어오는 남자는 디에고와 만도를 코카 구덩이로 데려갔던 건달 록이었다.

록이 함정을 향해 다가오자, 디에고가 작게 미소 지었다.

"너를 위해서야, 만도."

디에고가 속삭였다.

기뻐할 준비가 되었다.

코차밤바에서 정의가 이뤄지려는 순간이었다.

신성한 코카 잎과 코카렐로들의 노력

신성한 코카 잎

코카는 볼리비아, 페루 등 안데스 산지에서 자라고 재배되는 식물로, 해발 고도가 높은 곳에서 살아가는 원주민들에게 고마운 식물이다. 원주민들은 수천 년 전부터 코카 잎을 한 움큼 입에 넣어 씹거나 차로 우려 마시면서 힘든 고위도의 삶과 노동을 이겨 냈다. 코카 잎의 알칼로이드 성분이 기운을 북돋아 주고, 배고픔을 잊게 해 준 덕분이다. 뿐만 아니라, 코카 잎은 혈액의 산소 흡수를 높여 주어 고산병을 예방해 주기도 한다. 다른 작물보다 값이 비싸기 때문에 가난한 원주민들의 삶에 그나마 먹고살 거리를 만들어 주는 것도 바로 이 코카 잎이다.

볼리비아 고지대의 코카밭.

이처럼 원주민들은 코카 잎에게 삶의 고통을 위로받으며 코카 잎을 단순한 식물을 넘어선 신성한 잎으로 여겨 왔다. 안데스 지역의 고대 문명에서는 코카 잎을 신이 내린 잎이라 생각했으며, 잉카 문명의 잉카 여신들은 손에 코카 잎을 들고 있는 형태로 표현됐을 정도이다. 코카 잎이 아주 오랜 세월부터 볼리비아 원주민들에게 물질적, 정신적 양분이 되어 주고 있는 것이다. 지금까지도 원주민들은 어머니라 여기는 대자연의 여신 '파차마마'에게 감사와 존경을 표현하는 전통 의식이나 기도를 올릴 때 코카 잎을 사용한다.

원주민들이 마시는 코카 차. 따뜻하게도, 차갑게도 마신다.

코카를 되찾기 위한 노력

코카 잎과 마약의 한 종류인 '코카인'은 다르다. 코카 잎에 화학 약품이 섞여야 코카인의 원료가 되는 코카 반죽을 만들 수 있고, 이 코카 반죽에서 코카인을 추출한다. 코카 잎 자체는 마약처럼 '중독'을 일으키거나 '환각 반응'을 일으키지 않는다. 그러나 코카인으로 인해 코카 잎은 오랫동안 코카 잎 자체가 마약인 것마냥 많은 오해를 받아 왔다.

1968년, 미국 대통령 리처드 닉슨은 '마약과의 전쟁'을 선포했다. 북아메리카를 비롯한 다른 지역 사람들이 다량으로 코카인을 사지 않는다면, 코카인 거래는 사라질 것이었다. 하지만 화살은 엉뚱하게 코카를 재

시장에서 말린 코카 잎을 파는 코카렐로.

배하는 농민, '코카렐로'들에게 돌아왔다. 아이들을 노예로 쓰며 코카 반죽을 하고, 불법적인 거래를 하는 사람들보다 코카렐로들이 더 찾기 쉬웠던 탓이다. 가난한 볼리비아 정부는 미국의 경제적 지원 아래 30년 동안 특수 경찰부대를 투입하여 코카밭을 파괴했다.

볼리비아의 많은 지역에서 코카렐로들이 코카 잎을 생계 수단으로 재배하고 있었지만, 정부의 탄압으로 원래 가난했던 코카렐로들은 생업을 잃고 더욱 생활을 유지하기 힘들어졌다. 다른 작물들은 코카 잎보다 값이 쌌기 때문에 그것만으로는 먹고살 수 없었다.

결국 코카렐로들은 코카 재배자 협회를 만들었다. 그리고 2000년 가을, 코카렐로와 농부와 교사 등이 일으킨 대규모 시위로 볼리비아 전국이 마비되었다. 1만 명 이상의 코카렐로들이 볼리비아 전체의 고속 도로를 막았다. 곳곳에 설치된 바리케이드들이 교통을 차단하고 나라를 멈춰 세웠다. 시위대와 경찰의 충돌로 양쪽 모두 많은 사상자와 부상자가 나왔다.

도로 봉쇄를 끝내기 위한 협상이 진행되었고, 코카렐로들은 위원회에서 제 목소리를 내게 되었지만 이후로도 코카를 없애는 작업은 계속되었다. 코카 외에도 원주민들이 석유나 천연가스 같은 천연자원에 대한 지배권을 요구하면서 볼리비아 도로 봉쇄는 불규칙적으로 몇 년간 이어졌다.

마침내 원주민들은 2005년, 코카 재배자 협회의 지도자였던 에보 모랄레스를 대통령으로 선출하는 데에 성공했다. 에보 모랄레스는 아이마라족으로, 남아메리카 최초로 소수 민족 출신의 대통령이 되었다. 모랄레스는 천연자원에 대한 지배권을 되찾고, 헌법을 바꿔 볼리비아 원주민들에게 더 많은 권리를 부여하며 코카 재배를 합법화하겠다는 공약을 내걸었다.

코카 잎과 꽃을 엮어 목에 건 에보 모랄레스 대통령.

볼리비아는 지금까지도 모랄레스 대통령과 함께 신성한 코카 잎의 새롭고 합법적인 용도와 시장을 찾기 위해 노력하고 있다.

바람청소년문고 7

택시 소년, 지지 않는 잎 전국학교도서관사서연합회 선정, 한우리 독서올림피아드 선

초판 1쇄 2017년 6월 20일 | **초판 4쇄** 2020년 10월 22일

글쓴이 데보라 엘리스 | **옮긴이** 윤정숙

펴낸이 최진 | **편집** 김지연 | **디자인** 나비 | **홍보** 송수현 | **관리** 최지은 | **사진자료** Wikimedia Commons

펴낸곳 천개의바람 | **등록** 제406-2011-000013호

전화 031-955-5243(영업부) 031-955-5242(편집부) | **팩스** 031-622-9413

주소 경기도 파주시 문발로 115, 405호

ISBN 979-11-87287-44-5 43840

• 이 도서의 국립중앙도서관 출판시도서목록(CIP)은 서지정보유통지원시스템 홈페이지(http://seoji.nl.go.kr)와 국가자료공동목록시스템(http://www.nl.go.kr/kolisnet)에서 이용하실 수 있습니다.(CIP 제어번호 : CIP 2017

* 잘못 만든 책은 구입하신 서점에서 바꾸어 드립니다.
천개의바람은 환경을 위해 콩기름 잉크를 사용합니다.

품명 아동 도서
사용연령 11세 이상
제조국 대한민국
주소 경기도 파주시 문발로 115, 405호

제조년월 2020년 10월 22일
제조자명 천개의바람
연락처 (031) 955-5243

주의사항 종이에 베이거나 긁히지 않도록 조심하세요.
책 모서리가 날카로우니 던지거나 떨어뜨리지 마세요.

KC마크는 이 제품이 공통안전기준에 적합하였음을 의미합니다.